破砕

Hasai

ク・ビョンモ

小山内園子 訳

岩波書店

目次

装丁　須田杏菜

銃身を通過した弾丸が引き起こす回転の感覚が、肘を走って螺旋《らせん》状に移動する。肩を揺さぶる振動に耐えながら、彼女は動じない。弾丸が銃口から飛び出した瞬間に骨は弓になり、筋肉の弦を弾く反動にうっかり手が跳ね上がりでもしたら、発射角度が狂って命中率は著しく低下する。反動にただ抵抗するにとどまらず、指と銃との境目をも消し去らなければ。銃声の残響と火薬の残香までもが鳥の翼にのって彼方に飛び立ち、ついには姿を消すその時まで。

とりあえず使えないとまずいから練習するだけで、仕事でこれを手に取るケースは多くないと彼は言う。都会の真ん中で日頃からドンパチやっている国でもあるまいし、いまこんなふうに無人の山中で発砲するのだって、やはり頻繁にしていいことじゃないと。近隣に民家がなくとも、連続して爆音が上がっていたら、軍が駐留する山でもないのに何事かと訝《いぶか》しむ人間は出てくるはずで、同業者、もしくは妨害者かと、猟師が音の鳴る方向をたどってくるかもしれない……。

もっとも、同業者と言ってもあちらは獣《けもの》を捕らえて皮や内臓を取り出すほう、こちらは虫を捕まえたら最後、その痕跡さえ、可能な限り跡形もなく消し去ってしまう。


目覚めたのに、視界を圧倒しているのは闇だ。目を塞いでいるのは黒い布のようなもので、あまた織り交ぜられた経糸《たていと》と緯糸《よこいと》の合間から、光の芥《あくた》が洩れてくる。唇と鼻にまとわりつく空気の温度や、頰に触れているしっとり濡れた草の葉から推測するに、明け方近くだろう。火薬のにおいは、濡れた土に顔を押し付けているあいだに忍び込んできた幻臭だ。いまだ肩に発砲の瞬間の振動が絡みついている気がするのは、夢の中でも繰り返していた射撃訓練のせいではなく、後ろ手に縛られたまま、かなりの時間が経過したせいだと気づく。

痛みや寒さといった感覚は身体に残っているから血は巡っているらしく、縛りつけられた状態の両膝を擦《こす》り合わせてみると四肢は無事で、足首はやはり結束されているようだ。この状態で置き去りにされて一日以上は経過していないものと思われる。彼に、何かあったのだろうか。視覚が遮断され、鳥の声と草の青臭さの狭間で、触覚さえ迷子になっている。ここはどこだ。声を出してもいいのか。室長、と呼びかけて彼の位置を把握するべきか、それとも、周りに誰がいるかわからないから、このまま息を殺しているべきか。敵は近くか。そもそもこうした場合、敵とは誰を指すのか。最初の日、長期間車を置かせてもらう条件で民家にカネを渡し、そこからさらに一時間あまりを徒歩で登ってきた山の入り口の木には、いつ書かれたものか、すっかり文字がかすれて朽ちかけた案内板がぶら下がっているだけだった。

野生の熊、猪に注意

熊や猪が手足を縛ることは不可能だから、山小屋を襲撃したのは人間のはずだが、敵なる者がいたとして、なぜ彼女を殺さず、縛って置き去りにするだけだったのか、理解できない。

違うのか。とっくに死んでいるのに、あまりに完膚なきまでの死の状態を受け入れられず、気づけないフリをしているだけなのか。自分でも訳がわからなくなって、フッ、と音を立てて息を吐き、「イタッ」「生きてる」「動く」、そう声を出してつぶやいてみる。死者にこんな音を出せるはずはない。出せたとして、せいぜい死体の分解とともに一足遅れで発生する、口笛のようなガス音だけ——死神を迎え入れる音だけだ。

まだ生きているとしても、ひょっとしたら死の横丁のど真ん中に棄てられたのではないかと、痛みの出所を確かめたくなる。だが手が自由にならないから、どこかを刺されたり斬られたりしているか、出血があるかはわからない。彼女は直前までの記憶をたどってみる。後頭部を強打された覚えはなく、目隠しのきつい結び目が食い込んで異物感はあるものの痛いわけではない、後ろ髪が濡れているのは、血ではなく汗や露のせいだろう。

つまり昨夜。途切れ途切れの場面をつなげていく。夕食の後、何が起きたか。二人だけだった山小屋に、誰か来たのか。考える、考え……彼は、「考え」ろと言っていただろうか、それとも「考え」るなと言っていただろうか。考えなければならないときと考えてはいけないときを、正確に見分けなければいけないと言っていただろうか。いや、どれでもない。常に考えはするが、考えてから行動するまでに、時間がかかってはいけない。

どの瞬間にも考えなきゃいけないが、考えに溺れたら、死ぬぞ。

鈍くなっていた感覚の信号が、点滅を繰り返しながら次第に身体の中で伸びを始め、土の表面をまさぐっていた指に、すぐ使えそうな屈曲のある石が触れる。つかもうとしたその時に身体がぐらりと傾き、どこかへ転がる。瞬間的に頭を保護しようと首をすくめ、両膝を立てて地面とのあいだに摩擦を起こそうとふんばっていなかったら、さらにどれくらい遠くへ滑り落ちることになったか想像もつかない。きつい傾斜ではなさそうだが、頭から少し血が出たことを考えると斜面である。森にはさまざまな角度の斜面があるのだから、目隠しをされ、手を縛られ、なすすべもなく滑落して、切り株や出っ張った石に身体が引っかかって止まればまだマシなほう、それよりは突き出した木の枝が足に刺さったり、肋骨が折れたりといった可能性のほうが大きい。

再び指で地面を探ると、今度はサイズこそやや小ぶりだが、さっきより角の尖った石が見つかる。鋭利なほうを手首をくくっている紐に押し当ててそのまま擦る。比較的自由な指は両手にそれぞれ二本ずつ、関節が外れそうな姿勢で切断を試みるうちに、指と腕がつりそうになってくる。触れてみると、紐は農地で通常使われるようなビニール紐のたぐいではなく、きっちりと綯《な》われた物干しロープの佇まいだから、ガラスの破片でもなく石のかけらで断ち切るのに、どれだけ時間がかかるかわからない。

その時スーッと、濡れたズボンの上を、足首からゆっくりと撫でるように這い上がってくる誰かの手つきに気づいて、彼女は動作を止める。うれしさに、あやうく口を開いて、室長、と叫びそうになるが、その動きは……人の手ではなく蛇の匍匐《ほふく》前進である。下手に身体をよじったら攻撃とみなされて咬まれかねないだろうし、毒蛇ならばいろいろと想像したくない出来事が生じるはずだ。肩が上下に揺れないよう、呼吸を最小限に抑えて待つ。横たわった彼女の身体を濡れた木や岩だと認識してか蛇の移動はゆっくりで、地面に降りるつもりなのか、頭から始まって長い体をくねらせながら、彼女の脇腹と肩を撫でてゆく。耳介を這って頭の中に潜り込んだ恐怖が、髪の毛の一本一本に広がっていく。

どうか、この場所をあたたかい日陰と勘違いして、トグロを巻いたりしませんように。

身じろぎもできない時間がいつ終わるかどうせわからないのだからと、昨夜の出来事を巻き戻して棋譜を並べるのに必死になった彼女は、結局、この山小屋を訪れた最初の日から振り返ることになる。

騒音の問題が厄介な上に、人目に付くわけにもいかないから、実際現場では、銃より通常こっちのほうがよく使われると、彼はナイフを持ち上げてみせる。

その口調や身振りが「明日のお天気は晴れ、雲一つないでしょう」と天気予報でも告げるようなトーンだから、彼女は脅威に似た何かさえ読み取れないまま、こちらへ来てよく見ろという意味に解釈して思わず何歩か歩み寄り、すると、二歩目の足が離れる前に、目の前の空気がナイフで斜めに切り裂かれる。

反射的にのけぞってバランスを崩し……そのまま後ろに倒れるだけでは芸がないから、横向きになって手を床につくと、編み上げブーツの踵で彼の足首を蹴り飛ばす。それしきで転ぶ男ではないが、つかのま一、二歩よろめきはして、その隙に乗じて起き上がった彼女は、そばにあった食卓の椅子を持ち上げると、彼の顔目がけて投げつける。彼が腕で防御した直後に何かが折れる音が上がり、ずっしり重い原木を組み合わせただけの椅子がその場に転がって、脚のうちの一つが外れかかる。顔に命中するだろうという期待はなかったから、壁の端まで後退して彼との距離を稼ぎ、一時的な安全の確保には成功するものの、そんな渦中でも彼女は、折れたのが単に椅子の脚だけなのか、ひょっとしたらさっきの音は彼の腕からの音ではないかと気を揉む。

山小屋の中に、次の一手を読むための、猶予にも似た荒い息遣いが満ちてゆく。

——ボーッと突っ立ってるだけかと思ったら、そうでもないんだな。

彼は、暖炉の脇の小さなサイドテーブルにナイフを置くと、袖の皺のあいだに入り込んだ木屑を払う。

——本当に、大した素質だ。反射神経もいいし。

めくった袖の奥に青痣がのぞいているが、表情が穏やかなところを見ると、骨は無事らしい。

——何より、ただやられっぱなしにはならないって気合が十分だな。とりあえずわかった、お前みたいなやつは、実戦で転がすべきってことだ。

彼が話しているあいだに、彼女には、緊張を解除して息を整える時間が、おのずと確保される。

——だがな、かわしちゃいけないときがたまにある。どういうときかっていうと、お偉方がご機嫌斜めで、ゴミかなんかを投げつけてくる場合。そういうのは八つ当たりだから、よほどのことがない限り、そのまま受け止めてやる。俺だって、うちのカミさんに小言を食らったら、黙って言われてるまんまだ。俺にとっちゃ一番のお偉方だからな。

——目を……。

彼女は、発された自分の声に、いまにも滴り落ちそうな恨みがましさがにじむのを感じる。

——あたしの目玉を、えぐろうとしたんですよね。

彼に向かってではなく、彼がそういう人間だと一瞬失念してしまった自らに対してだ。なんだって、気を抜いていたのか、はっきり言われていたのに。出発の直前に。

この車に乗ったら最後、お前の身体は、一から十まで作り変えられる。頭から始まって手足、胴体、内臓まで、一度全部取り外して付け直しだ。平気か？

逃げ道の残されていない問いが、耳に手裏剣のように突き刺さって、彼女は、返事の代わりに彼を一度ねめつけてから車のドアを開け、中に乗り込んだ。

——貴重な人材に、そんなマネは致しませんよ。

——あたしがかわせなかったら？

——でも、かわせたろ。

つまり、この程度をかわせなければ求めていた人材ではないと見切りをつけ、目玉がくりぬかれた状態で山中に棄て置いて帰宅したという意味か、そうではなく、かわせなそうであれば自分のほうが距離を調節してやったということか、はたまた、当然かわせるものと信じていたという意味か、彼女にはわからない。獅子だか豹だかの猛獣が、わが子を絶壁の下へ突き落とすという話をどこかで聞いた気がするが、とはいえいまの場合、相手は人間じゃないか……そこまで考えてふと、苦い思いにつきあたる。人間扱い、しないってことなんだ。

——狭い空間で攻撃されたらどう対処すべきか、本能的にわかっているのはいい。反応自体は悪くないが、やり方は、もう少し手直ししてみるか。

彼女は、背を壁に押しつけたまま、身を隠せそうな物がないかと見回すが、手の届く範囲にはもはや投げられそうなものは見つからず、床ではあちこちに散ばったリュックや寝袋などの荷物が動線の邪魔をしている。足の置き場と障害物を品定めしつつ、彼の気配まで窺って視線を忙しく動かしている彼女に、彼は笑いを隠さない。

——かわそうと焦る気持ちはわかるが、椅子を投げてバックするんだったら、壁よりはドアや窓のほうに行け。ここは窓が高い位置にあるから、足場になるものが見当たらないとか、窓がクソ小さすぎると思うんなら、できるだけドアのほうへ。別に、俺が行く手を阻んでたわけでもなかったろ。ドアからはるか遠くの壁に向かって行ってそこにひっついてるってのは、逃走経路を自分でドブに捨てるようなもんだ。相手がドアの前にいるときやなんかに、やむを得ず取る手であって。ところで、お前がそんなに壁に張り付いてたら、相手は普通、ドアを守るのはやめて、こうやって……後をついて回るよな。

言いながら、彼はいつのまにか目と鼻の先まで近づいており、彼女はじりじりと横に逃れる。距離を取ろうと退くうちに、山小屋の中をほぼ一周することになる。

——お前の首を絞めるなり、刺すなり、何だってしようとするはずだ。そういうときは、そう、いいぞ。ドアのほうへ少しずつ移動する。ただし、背中は見せない、防御は解かない。

気が付けば彼女は彼から遠ざかって、覚悟さえ決めれば出られるくらいドアに近づいていたが、その表情と少しかしげた首のあいだに挟み込まれた混乱を見逃さずに、彼が尋ねる。

——何か、妙なことでもありますか?

——いいえ、大したことじゃなくて。

——気になること、妙だと思うこと、その都度訊いていい。わかることなら全部答えるから。

——つまんないことです。

——つまらないかどうかはお前の決めることじゃないし、実は誰にも、そういうことは判断できないんだよ。何だ?

他のどんな身体的訓練よりも、もっといえば闘志よりも、彼女の疑問や問いかけが優位であるかのように、彼が言う。

——その、だから普通は、ターゲットを除去しに行くんですよね。なのに、事情がちょっと変わったとか、こっちが不利になったとかで逃走ルートを確保する、ってところが。目の前の相手を除去する前にその部屋から逃げちゃ、いけないですよね。

――いい指摘だ。

柔軟というよりは生一本《きいっぽん》な彼女の言葉に、彼は破顔一笑する。

――心がけもいい。だが、これはお前に圧をかけてるのが除去の対象じゃなくて、それ以外の別なヤツって場合だ。対象の脇に控えてる助手連中だの、ガタイのいい秘書、ポリ公とか、とにかくターゲット以外の、すべてのその他大勢。追ってくる連中を皆殺しにするのは現実的には難しいから、ムダに時間をかけて顔をさらさないよう、できるだけ早くその場を離れるほうがマシってことだ。ご理解、いただけましたか？

――はい。

――じゃ、次にこれ。

彼は、脚のグラグラした椅子を片手で持ち上げると、少し顔を顰《しか》めてから、そのまま落とすように下ろす。

――持ち上げてから投げるまでに多少時間がかかっていた。わかってるよな？

彼女はうなずく。みっしりとおが屑が詰まったものではなく、無垢材の丸太をそのまま組み合わせた椅子は見た目よりも重たかったから、的中率や精度は自ずと下がっただろう。

――軽いもんじゃないから当然だ。でも、俺にぶつけようとして投げたんだろ？　だったら、相手によける時間を与えちゃダメだ。そういうときは、ああいうヤツ。

彼が指さしたのは、食卓に置かれた鉄瓶だ。

――デカくて重い椅子は重い攻撃、小さい鉄瓶は素早くて鋭い攻撃をすることができる。たとえば、お前にどんなに力があっても、相手に体重で負けてそうなら、重い拳を繰り出そうとムキにならずに、スピードを上げるほうがむしろマシだってこと。あの鉄瓶を見てみろ。水がどれくらい入ってるかわからない、ひょっとしたら入ってるのが水じゃなくて鉄屑だったとしても、この椅子より軽い公算は大だ。大きさや嵩《かさ》だけとったって、持ち上げるのはラクだよな。相手に防御の隙を与えずに、アレを一発目に投げつける。人中《じんちゅう》か眉間に当たれば、一瞬目が開かなくなって、さらに一秒稼げるし。そうして、二発目がコレ。重いヤツ。はじめっからデカくて重いものを持ち上げる力自慢はしなくていいから、周りに何があるか、迅速に把握するんだ。

彼は、今度は両手で椅子を持ち上げると、脚と座面の裏を彼女に見せる。

――だが、実際この程度なら、投げるより盾にするほうが使える。たとえば、お前は丸腰だが、相手は目の前でずっと、ナイフをブンブンいわせながらXの字を描いて暴れてるって場合。そういうときはコイツで一、二度かわしてから、そのまま飛びかかって押さえつける。

そいでもって……。

三本のまともな脚と一本のガタついた脚が、ドア横に張り付いたまま立ち尽くしている彼女を捕獲するかのように、覆いかぶさる。

——突き刺しちまう。

彼女は顔を上げると、赤々と燃える熾火《おきび》のような目で、正面から彼をにらみつけ、うなずく。

——運が良けりゃ、四本の脚のうちの一本は、鳩尾《みぞおち》か喉あたりにぶっ刺すことができるだろう。

椅子は再び食卓の下へ、ガタガタという音とともに収められる。話の流れからいって、この件についてはそれなりのまとめが終わった気がするが、だったらこのままドアを開けて逃げる必要はなくなったのか、彼女はまだ確信が持てずにもじもじしている。

——今日のところは終わりだ。荷物の整理もあるし、メシも食わなくちゃな。

肩の力を抜け。

一度凝固され定着してしまった疑念は簡単に解かしきれず、ドアから出たとしてどう逃げるのか、あるいはどこへ姿を消してしまえばいいかわからないながらも、彼女は、手の中にあるドアノブを離さない。

――俺は何の前触れもなく始められるが、それでもこの口から終わりって言葉が出たら、その日は本当に終わりでございますからね。先は長いんだから、一息つけ。

そう言うと、サイドテーブルに置かれたナイフを顎で示す。

――向こうからアレを取ってこい。お前のもんだ。

彼女はようやくそろりそろりとドアを離れ、すると、彼がリュックと寝袋の荷ほどきを始める。二人で半分ずつ運んできた荷物は、さまざまな金属部品や道具、弾丸といった武器が多く、リュックだけでも六個になり、そのうちの一つは、冷蔵庫なしでも三、四日はもつように茹でたジャガイモと、アメリカ製の軍用保存食であふれかえっている。ジャガイモは、チョが顔に疑念をいっぱいに浮かべながら――合宿研修なんて、いったい何の事業をしているのかとんと理解できない上に、それほど長期間、おまけに、制式訓練〔敬礼や行進時の姿勢など、集団的な振る舞いを身に着ける基礎訓練〕みたいなものと一方的に言い渡された立場としては当然だろうが——茹でて完全に冷ましてから入れてくれたものであり、保存食は一人一日二個ほど消費したとして一ヵ月はしのげる分量である。彼女は空いた棚の埃を拭き、そこにタオルと洗面道具、予備の着替えを収める。

そうしてふと、サイドテーブルを振り返る。そばに行き、柄《つか》まで合わせれば指尺二つほどの長さのナイフを持ち上げて弄《いじ》る。鍛冶屋で研ぎあがったのがほんの数日前であるかのように鋭い光を放ち、心臓の真ん中に到達するどころか、まだ一滴の血にも染まったことのない、何かを斬ることも断つこともしていない清潔な刃《やいば》だ。今後、磁石のようにあまたの血を引き寄せ、誰かの命を求めるであろうその道具の眩《まばゆ》さに、心の中で共存していた衝動と抵抗感が、ほぼ同じ大きさ、同じ深さで刺激されて、彼女は、想像しうる最速のスピードで身を翻し……。

ちくしょう。

床に落ちたナイフはその場でくるくると回転して、気が付けば彼女は、彼の片手に首を押さえ込まれている。後頭部と背中を壁に押しつけられたままズルズルと上に持ち上げられ、足は床に触れるか触れないか、爪先立ちになってブーツの先でこらえていなければ、じきに錆《さび》で腐食した鉄のごとく、その場にくずおれるだろう。

――まあ、〇・五秒ってとこか？　迷ったよな。だろ？　自分がコイツを刺して本当にいいのか、斬ってもいいのか。生半可な考えだからダメなんだって。一度心を決めてナイフを握ったら、もったいぶるな。

彼の手にじわじわと首を絞めつけられて、彼女にその助言は聞き取れない。固く結んでいた唇が勝手に開き、涎《よだれ》が伝う。うねった血管が浮かぶ彼の手を剝がそうとするが、微動だにしない甲を無駄に引っ搔くばかりだ。

――さあ、どうしたらいい。俺の片手がいま、完全に遊んでるのが見えてるよな。お前の両手両足は自由。だったら、こうやって俺の手にしがみついてる場合か？　ちょっとつねったところで、指の一本でも落とせるのか？

だから片手でチョップを作り、ピンと張りつめた彼の肘の内側を撲《う》ち付ける。その打撃で彼の腕は曲がって、手のひらに込められた力の一部が一瞬抜ける。圧搾機のように首を圧し潰そうとしていた指のうち、親指が一本かすかに持ち上がった瞬間を見逃さず、彼女はもう片方の手でそれを握って捻り上げ、すると、その力で彼の手首が曲がり、残りの指が開く。

ようやく首から彼の手が離れ、彼女は手足を無様に投げ出した恰好で床に倒れ込み、攪拌筒の中でさんざん掻き回された五臓を吐き出しでもするかのように咳き込む。

――悪くない。五、六〇じゃなく、七〇点にはなるでしょうね。

――八、九〇点は、どう、すれば。

音節ごとに咳と涙があふれる。火にくべられた鉄のようにしわがれた声が元に戻るまで、かなりかかりそうだ。

――腕を撲ったら、即座に膝か足にキック。この野郎、残りの人生は種ナシを覚悟しろ、って気持ちでな。

次回は必ずそうしてやるというよりは、そんな状況で相手に「残りの人生」という言葉を使うこと自体、まったく理に適っていないという意味で、彼女は充血した目に涙を浮かべたまま彼を見上げるが、咳が込み上げてきて、すぐまた頭を床に伏せてしまう。

――床に吐くなよ、木と木のあいだに入ったら拭き取りづらい。

そう言いながら残りの荷物を整理し続ける彼の声に、忍び笑いがにじんでいる。

曙光が少しずつふくらみ始める頃、二人は、山の中腹にたなびく霧をかき分けて渓谷まで下り、その日に使う水を汲んでくる。片手にバケツを一つずつ持っても何往復かしなければならないから、三往復目になる頃には、二人ともひどく息が切れて言葉と息遣いの区別がなくなり、特に彼女は、彼がいつバケツを投げ捨ててナイフを引き抜くかわからないという緊張とプレッシャーを抱え続けている。その気配を察したか、彼が先に、誓いや宣言にも似た剣突《けんつく》を食らわせる。

——水がもったいない。いまは水だけに集中しろ。

そして、続けて提案する。

——お前も、途中で隙を見て、昨日みたいに好きにやってみればいい。殴りかかってこようが足をかけようが、どんな手を使ってもかまわない。ただし、銃をとるのは訓練でだけな。弾薬は高い。

——ナイフとか石は、いいんですか？

——なんでも好きにしろ。暖炉の火かき棒、箒、まあ、いろいろあるよな。

——あたしは不慣れです。本当に刺してしまうかもしれません。

——いいから。そのくらい、俺がうまく対応するって。そんなことに悩んで迷うなって言ったろ。

——必ずしもそのせいだけじゃなくて。終わり、って言われた後だったからです。

――その「終わり」があてはまるのは俺だけなんだよ。お前はいつだってやっていい。夜襲は……寝るときはお互い、しっかり眠ったほうがいいにはいいが、こっちが寝てるときでないととてもじゃないが勝てないって思うなら、ま、それも一度試せばいい。全部、受け止めてやるから。ただし、三回やって失敗だったら、それ以上はダメだ。隙を狙おうってんで、一晩中一睡もせずに徹夜してたら、お前の損だし本末転倒だからな。とりあえず一カ月くらいをみているが、それより先にお前が俺の背中を地面に押し付けることができたら、その日のうちに荷物をまとめて下山する。

――膝や肩じゃダメですか。

――膝レベルなら、いまだってできるだろうからダメだ。それに、これは土俵でやる相撲じゃない。完全に倒してこその勝負なんだよ。

膝レベルなら、いまだって。かなり買い被った言葉に感じるが、彼女は少し気分がよくなる。水がなみなみと入ったバケツを両手に提げていても、彼を追い越して木々の合間を敏捷にすり抜けていく。

彼は、その後ろ姿や足取りを注視して動きをチェックし、どうすれば人目に付かずに効果的かつ合理的な動きができるか、教え込むのだろう。今後のことをこなすために、ならなければならない身体、作り上げなければならない身体を絶えず叩き込みながら、彼女の存在そのものを剪定して、死の果樹園を整えていくのだろう。

そして、二日も経たないうちに彼女は、後頭部に予告なしに飛んでくる六〇センチあまりの木の棒を避けられるようになる。

全神経を動員して音もなく忍び寄る足取りを捕捉し、空気の動きや温度のかすかな変化を感じ取ってはいても、最初のうちは身体を翻してかわすのが精いっぱいだった。だが、翌日には飛んでくるタイミングに合わせて半身《はんみ》で腕を上げて防御できるようになり、その日のうちに棒の端をつかみとれるまでになる。つかむと同時に彼の腹を蹴り上げて奪取に成功したのは翌日だ。

――いまのは、悪くない。

確かに腹を蹴ったと思いきや、彼は彼女の足を腕で食い止めて、棒だけをよこしたらしい。

――だがな、こういうときは棒切れを引っ張った瞬間、相手の腹より膝、あるいは太ももの外側を蹴るほうが、お前には若干有利だろう。動きを阻止するのに効果的だし、運が良ければそのままぶっ倒すこともできる。多少腹を蹴られたぐらいではビクリともせずにやり過ごす、巨体の長身に当たるかもしれないからな。

彼女はこくんとうなずくと、もうそれを返すべきか、どこか別の場所へ放り投げてしまうべきかがわからずにまごつく。

――次は、そいつを持って、お前の好きなようにこっちに来てみろ。

——ど……。

どうやって？　どこへ？　いずれにしろ、「来てみろ」というのは、単にブラブラ歩いてこいという意味ではないだろう。

——頭をかち割るんでも腹を裂くんでも、とっとと、すぐに。時間稼ぎするな。

頭……と言われても身長差があるから、頭を狙ったところで外れるはず。だったら足首……。そのために少しでも低い姿勢をとれば、うなじにチョップが飛んでくるはず。だから、定石どおりに心臓を……。

あれこれ考えたあげく、中途半端なスピードで、彼の脇腹目がけ突進する。彼は、片手で彼女が握った棒の上部をつかむとそのまま一回転させ、それにつられて彼女の身体はぐるりと回って、一瞬宙に浮いた後で肩から仰向けに落下しながら……。今日の空って、濃い灰色だったんだ……。

——考えてるからだろうが、また。

声とともに棒の先端を胸骨の左のあたりにグイッと押しこまれて、彼女は身体を起こせない。彼の顔が、空を遮る。なんとか両の目でとらえることができていた空は、彼の顔でいっぱいになってしまう。

——考え続けてもいい。だが、考えに溺れちゃダメなんだよ。考えてるのに、ずっとあることを考えているのに……溺れないでいる方法、溺死しない道理など、一体あるのだろうか、よくわからない。

——さっきの俺の対応だがな、何が足りなくてどこを改善すべきか、わかるか？　まずはお前じゃなく、俺について。

人を引っくり返して負かしておきながら、「改善」だなんてよく言うと、もはや考えるのが面倒になって空でも仰いでいたい気持ちだが、彼の顔以外は見えない。空がまるごと、その顔だ。

——俺が手を抜いてたのはわかるよな？　武器も奪って相手も倒す一石二鳥を狙うんなら、棒切れだけつかんで振り回すんじゃなく、お前の手そのものを握って引っくり返すのが正解だ。でんぐり返しの瞬間に、お前が棒切れから手を離しちまうかもしれないだろ。ところがお前は、見るからにマヌケにかかってきて引っくり返りそうだったから、試しにやってみたら案の定だ、バカが。

彼が、棒を下ろして数歩退く。

――三秒あげますから、立ってください。これを取り返してみろ、全力でな。

その言葉が終わる前に、彼女は身体を半分起こして体当たりをし、彼の足首をつかもうとするが、ただ地面に身体を打ち付けるだけに終わる。彼女の肩で押しのけられた砂粒や砂利が、陽炎のかたちに舞い上がる。再び飛びかかると彼が避ける。片手を後ろに回して足を数歩前後させるくらいで、ほとんどその場から動かずに立っているのだ。そうして、隙を見ては彼女の背や肩や足に、木の棒の洗礼を何度も、力を入れて振り下ろすというよりはトンと触れたり、ツンと突いたりというあんばいで、完全には戦意を喪失しない程度に浴びせかける。

追い込まれた彼女は、正面からぶつかって取っ組み合いをしようとするものの到底かなわず、とうとう彼が、後ろ手にしていたほうの手を前に出して、親指と中指で彼女の額を一度弾く。彼女はふらふらとよろめいて仰向けに倒れる。指の先で一度きりなのに、全身に散らばっていた痛点が額に集中したかのように、一瞬にして目の前に暗幕が引かれ、即座に起き上がることができない。

——よせって。こっちは片手、お前は両手だから、力でどうにかなると思ったか？　焦らしてこっちにもう一方の手を出させたまではよかったがな、考えてるばっかりで頭が回ってないんだよ。

彼女は突っ伏していた地面から身体を起こしながら、砂利まじりの一つかみの砂を彼の顔面目がけて投げつけ、チラッと眉間が歪んだ隙に乗じて彼の肘を蹴り上げる。木の棒が飛びあがって空中で宙返りし、彼女の手のひらへと収まる。

それで終わりとはならないだろうし、合格でもないだろうと急いで当りを付け、彼女は武器を握った手から力を抜かない。荒い息を一つするたびに口蓋に張り付いた砂粒が喉に吸い込まれて、口蓋垂を引っ掻く。

――いいぞ。

彼が、同じように口の中に入った一握り分の砂を、唾とともに地面に吐き出して言う。

――続けろ。

この人間を殺さずして、生きてはここを出られないらしい。

ある日は、外に出てみると、二本の木の幹のあいだに太いロープが渡されている。いきなりあのロープの上を歩かせ、ドサ回りのサーカスの綱渡り芸でもやらせるつもりだろうかと思っていると、彼が木に向かって顎をしゃくる。

――あの高さまで、登れるか？

彼もやはり、梯子などの道具は使わずに二本の木にそれぞれよじ登り、ロープを結びつけたらしい。

――どっちの木でも、登るだけでいいんですか。

――まさか。登って、両手でロープを伝っていってぶら下がるんだよ。手を交互に出して前進するんじゃなくて、横一直線にな。ロープの真ん中まで、行けるか？

――普通に「やれ」って言ってください。

今日に限ってなぜ、できるかと訊くのだろう、どうせ、できないって返事は受け付けないくせに。彼女は、手足と腹部の力でロープが結ばれているあたりの高さまで難なく登る。幹に足を絡みつけ、片手を伸ばしてロープをつかむと、次にもう片方の手でもロープを握り、足の力を抜いて空中に身体を浮かせる。

前後に振り子運動をしている途中で、ちらりと下界に目を落とす。この高さから落ちたら少なくともどこかは折るだろうから、見ないでいるほうが心身どちらにとっても得策のはずだ。太くて頑丈なロープはほとんど波打ちもせず、安定した状態で二本の木のあいだに固定されている。じわり、じわりと横に手を這わせてロープの真ん中まで進むが、その移動のあいだに、すでに両方の手のひらは熱を持っている。

――そこでストップ。

ほぼ中央まで来たらしい。ロープの上を歩かされているわけではないからそれなりにホッとしたが、このまま向こうの木まで進めという意味でもなさそうだ。

――懸垂はできるか？

大叔父の家にひとりで身を寄せる前、国民学校〔一九九五年度までの韓国での小学校の呼び名〕の運動場で五、六回ほどやっただけだし、気が付けばそれは、前世の記憶と変わらないくらい遠くなっている。できないと答えたところで、そのまま落下して、足あたりを粉々にするのがオチだ。

――何回くらい……しましょうか。

下を見ない。高さを想像しない。彼がどこにいるかは不明で、声だけがする。

――そうですねえ。できるところまで、やってみるか？

回数はさほど重要ではないというニュアンスが、少し引っかかるというレベルを越えて怪しげにさえ感じられるが、そんなのは昨日今日始まったことでもなし、彼女は、両腕がわななくのをこらえながら一〇回ほど身体を持ち上げる。鉄棒と比べてどちらがラクかわからないが、とりあえず、ロープの捩《よじ》れが作る凸凹が指に食い込むのが煩わしい。再びだらんと腕を伸ばすと、こらえていた息を吸う。

——それでおしまいか？

大したことないといわんばかりに笑いのにじんだ声だが、それを「続けろ」の意だと即座に受け取って、さらに一〇回、ロープに顎がつくかつかないかまで懸垂をする。どこからか飛んできた猛禽の嘴《くちばし》に、両腕や心臓をついばまれる感覚。あと少しこの状態が続いたら、死に深く身体をえぐられて、夢を見ているのと変わらなくなるであろうことを、彼女は知っている。

そして、唆《そそのか》し催促する声。

——それっぽっちか？

あの野郎、最初から三〇回って言えばいいものを……。心臓を抵当にいれて両腕を得たかのように、嗚咽か悲鳴か悪態か区別のつかない唸り声を絞り出しながら、さらに一〇回やりとげる。顎はロープに何度も擦れて皮が剝け、手のひらの感覚は失われている。

——終わったら、次は左手を離してみましょう。

両腕でもきついのに、右手だけでこのロープにつかまれと言っているのだ。身体の中に残っていた芯はすでに燃え進んで、だいぶ前に全焼している。彼女は自分の身体が、身元さえ確認できないほどの焼死体になってしまったと感じる。

——あたし、本当に落ちます。もう耐えられません。

——落ちねえよ。この高さから落ちたって死なない。頭から逆さまに突っ込まなければな。

——腕が抜けそうなんです。

——はめてやるって言ってるだろ。

そのまま重力に従って、折れるなり死ぬなりどうにでもなれと左手を離すと、右手のみでつかんだロープはたちまち上下に波打って、その軌跡と残像が宙に五線を描き出す。身体は、まもなく楽譜から脱落するはずの音符の黒玉のよう、腕は胴から切り離されて勝手に遊んでいるように見える。

——じゃ、そろそろロープの上に座ってみるか。

片手を離したのに、それをどうやってまた握り直して、身体を上に持ち上げろと……。仰向いて見るロープの高さは絶望的に遠く、それを眺める行為自体、気絶するのと変わらない。

——制限時間があるって、言ったっけか？

ブチッという音がして、ロープが一度大きくうねる。彼が投げたナイフが、反対側の木の幹に結ばれた部分をかすめたのだ。あの野郎……ロープを断ち切るつもりだ。

——あと五、六回あれば終わりそうだな。

要するに、ずっと同じ場所にナイフを投げつけようというわけだ。自分はとっくに死んでいて、いまロープにぶら下がって反動を利用しながら身体を前後に揺らしているのは、死神の手続きミスで一時的に死の入り口に放置された死体なんだろうと彼女は思う。もう少ししたら、両足を振り上げて身体を回転させ、腹にロープを引きつけるのはそれほど不可能でもなくなりそうだ。ブランコに乗ってるみたいなもんだって……。その瞬間、飛んできた二度目のナイフが、ロープを何筋か切って通り過ぎるのではなく、そのままロープに刃先を食いこませてしまう。

——おっと、まずいな。

余分なナイフは準備して来なかったらしい。一つ障害物が減ったと安心しかけたところで、彼が続ける。

——やめにして降りてこい。今度にしよう。

何のつもりだ、ふざけてるのか……。歯ぎしりをして悔しがるより先に、ブチッ、ブチブチッとロープが切れる音が聞こえて、回転しながら身体が宙へ放り出される感覚に、彼女は目をつむってしまう。鼻の奥に潜り込む風が爽やかにさえ感じられる。もう、死ぬんだな。

切れたロープを最後まで離さずにいたせいで、ぶら下がったまま、地面ではなく反対側の木に一度強く当たってから地面に転がる。眠り込んだ子犬のようにちぢこまらせた背と肩が先にぶつかって、頭への衝撃を和らげる。

とりあえず死との接触には失敗したらしく、地面でのたくりながらどうにか頭を上げようとしていると、彼のブーツが目の前に近づいてくる。

——いまはいきなり起きようとするな。どこをぶつけてるかわからないから、ゆっくり。

もう少し横になっててもいいんだ。彼女は溜息をつきながら、血と砂がこびりついた手のひらを横目でのぞく。

——ああいうときは、目をつむっちゃいけない。

地面にしゃがみこんだ彼が、ポケットからガーゼのタオルを取り出して、彼女の手のひらに載せる。

——木にぶつかる直前、地面に近づいた瞬間があったよな、ほんの一瞬だが。あのタイミングで手を離して飛び降りてたら、もうちょっとケガは軽くてすんだ。目をつむっちまったから、その程度の高さと見当がつかなかったんだろうが。

ロープにナイフをめり込ませたのが故意だったのかミスだったのか、訊いたところで答えてはくれないのだろう……そう思いながら握る手に力がこもって、ガーゼに血が広がっていく。赤くなったガーゼからは、砕けた石榴《ザクロ》の果実に似た匂いが立ちのぼる。


手の届かないところが気になって、彼女はしきりに肩と背中を動かしては、そこにまだ骨と筋肉がちゃんとついているかを確かめようとする。鮮明な痛みは己《おのれ》の存在を訴えて自己主張してくるが、どんな状態かはわかりづらい。手鏡が一つあるが、それだけでは背中を映す役には立たないし、血が流れている感じはない。

打撲傷、擦過傷、刺傷、裂傷、創傷、咬傷、火傷など、これまでの傷はほとんどが悲鳴ではなく静寂のうちにとどまり、したがって、見える位置や触れられる場所ならば、よほどのことがない限り貼って、塗って、巻いていた。ブーツを履いてマメができた足、ロープを握って皮がめくれた手は、少しすればそれぞれタコに変わるし、救急薬の無駄遣いをするわけにはいかないから、手当てをするのは大きくて深い傷が中心だ。引っ掻いたり痣ができたりはケガのうちに入らない。

夜になっても背中はよくならず、いっそう奇怪なリズムと拍子で疼《うず》いている。炎にあぶられて、溶けてなくなるのかも。行ったことはないけれど、海でクラゲに刺されたら、こんな感じかも。ピラミッドの建設に駆り出された奴隷が監督官に鞭を入れられたら、こうなるかも。とにかく、痛みと一緒に、このまま地面に……地下深くに、身を沈められればいい。

あぐらをかき、額を壁につけたままで痛みが和らぐのを待っていると、背後に近づいてきた彼が腰を下ろす音がする。彼女は反射的に立ち上がって防御の構えを取ろうとするが、彼はむしろ存在感をたっぷりアピールして、今日のところは終わりだ、と言った。

——壁に向かって座ってるついでに、服をまくり上げろ。

背中の向こうからかけられた言葉だから、何か聞き間違ったんだろう、そう思いつつ、気が付けば額が壁から離れている。

——熱が出たら面倒だから、四の五の言わずに。

——大したことありません。自分で何とかします。

驚きを悟られないよう平然と答えるが、声に寄せるさざ波まで消すことはできない。

——見えないし届かないくせに自分でやるって、千手観音か何かか。こういうときはただ、お願いしますって言えばいい。

——ほうっておいたって治ります。

——普通はそうだが、運が悪けりゃ細菌が繁殖してあの世行きだ。お前の前にあるそれ、消毒薬をよこせ。

——出血もしていないし、そういうことにはならないと思います。

——見たのか。どこまで首が回るってんだよ？

彼女は薬箱ごと後ろに手渡すと、立ち上がってその場を離れるか、離れないかと迷うが、どうせ同じ山小屋の中、おまけに、山小屋から飛び出したところで山を出ることはできない。この山が、そっくりそのまま彼なのだ。

後ろに座っている彼が、肩をノックする。

——何度も言わせないで、服をめくってください。

片手で宙釣りになった状態からロープの上にまたがるより、いま彼の目の前で服をまくり上げるほうが、はるかに困難な課題である。憤怒か軽い興奮かわからないものが、傷をむやみやたらと押さえつけてくる。

——まくりません。

——理由があるんだ。よからぬことでも怖いことでもない。病院に行ったら、お医者さんに聴診器を当ててもらうじゃありませんか。

――ほとんど行ったこと、ありません。

――クソな人間になりたくないからこうしておとなしくしてやってるが、俺がその気になれば、髪の毛をつかんで上半身裸にするのも朝飯前だってこと、わかってるよな。

冷酷な話の内容とは裏腹の語調から察するに、そんなことが起こるようには思えないが、彼女はわけもなく上着の腹部のあたりを、宙に浮いたロープよりさらに手放せないもののように、ギュッと掻き合わせる。聞き返したいことをグッと……抑え込む。じゃあ、ひょっとしてこれまでは……クソな人間だったつもり、ないんですか。

――そうやって、つまんないことにいちいち気を揉んで時間を取らせるマネな、今回は見逃してやるが、次からはダメだ。仕事に入ったら、まともに服を着られないとか、持ってるもの、着てるものを全部剝ぎとられるって状況もあるんだよ、そのたびにこうして面倒をかけられちゃ、足手まといで連れて歩けない。足手まといになる。こんなことに労力を使ってるほど暇じゃない。疲れるマネをされるくらいならお前は不要で、一緒には行けないという言葉は、どんな宣言や呪文よりも強力である。

まくり上げ露出した背中に、冷たい指が触れる。メンソレータムのにおいが鼻を刺す。

——うっ血がひどいが、まあ出血する一歩手前ってとこか。かがめるところを見ると骨は無事なんだろうし。何日かすれば平気だろう。位置もこのあたりなら深刻なことにはならないと思うが、もしも用を足してて血が混じったら、言えよ。

——あたしは、木にも地面にも、膀胱をぶつけてませんが。

——人間の内臓のうち、背中の一番近くに張り付いてるのが腎臓でね。使える業者になるために必要な要素は無数にあるが、ひょっとしたら最も大事なのは、ある種の出来事――たとえば、無防備な状態で肌をさらすこと――が身に迫っていても動揺しない心で、だとすれば、小石を投げこまれても同心円を描かない水面のような心にならなければいけないのだと、背中に触れるメンソレータムの氷のごとき冷たさとともに彼女は悟る。

――大げさに騒ぐタイプでもないのに、このくらいのことで泣くのか？

肩のかすかな震えをとらえて尋ねる彼に、適当な言葉で言いつくろう。

――見えないからです。わからないから。

――痛いときより、怖いときに泣くんだな、お前は。

あらわになっているのはただ背中ばかりではなく、肉を削りとられた後に現れる、筋肉や骨のようで。ともすれば赤い内臓のようで。

恐れが揺さぶり、通り過ぎていった心の中に、祈りの一文ばかりが残り続けるから。

時間に限りがあるなか、彼がまさしく瀑布のごとく持てるすべてを注ぎ込もうとするせいで、彼女は一日が終わる頃にはへとへとになっており、夜は寝袋の中で、熟睡どころか昏睡状態にまで陥って、明け方彼に揺り起こされるまで目を開けることもできない。そうしてまた、一日分の水を汲みに行って、食事をして、一日中走って、転がって、ケガをして、傷を洗って、包帯を巻いて、眠りにつく日々が続く。山小屋に広げた二つの寝袋のあいだに漂う草の香りは、夜になるとますます濃厚になる。向こうの寝袋で顔だけ出した状態の彼が聞かせてくれる話は、多くの場合、誰かの肉を削いだり、骨を断ったり、骨と腱のあいだに食い込んで、いくら奥までナイフで引っ掻き回しても取り出せなかった弾丸のことだったり、それに当たった人がゆっくりと死んでいく姿のことだったりである。風と木の葉の弾奏の合間に聞こえる彼の声が、子守歌のように彼女の耳元に舞い降りて、引き裂かれ原形もとどめていない夢の隙間へと入り込む。

またある日は、上半身の服の中、胸の下のあたりに、最低三枚はタオルを巻きつけ、さらに上から紐でくくりつけて出てこいという指示を受け、何枚も重ね着をする冬のように上半身だけ着ぶくれした恰好で、ふらつきつつ、彼女は山小屋前の空き地に歩み出る。

――まっすぐ立ってみろ。腹の力を抜いて、頭をぶつけたり手首を痛めたりするかもしれないから、休めじゃなく、気を付けの姿勢を維持。

何をさせられるのかわからず、とりあえず言われた通りにしていると、少しヒントをやるか、と彼が切り出す。

――これからちょっと、転んでみましょう。

自分でやってみろという意味だと思い、前にですか、それとも後ろにですか、と訊こうとした瞬間、彼のブーツの足が彼女の腹を押し飛ばしてしまう。正確に、鳩尾と下腹部の間を。刺されて倒れたわけでもない、押し飛ばされただけで、彼女は、下手くそな大工がつくった木の人形のようにバランスを崩して倒れ、転がる。身体の中の臓器や血液がドラム缶に押し込まれて、何回転かしているような感じになる。これは一体何のつもりだろう、圧にどれだけ耐えられるかを見てみようということか、それとも、腹部にもっと力をつけろってことか、皆目見当がつかないまま地面に肘をつき、それを支えに身体を起こすと、彼が言う。

——倒れるときはただ適当に伸びるんじゃなくて、頭をかばうように注意する、手は地面につき、すぐ起き上がれるようにふんばる。脚の側面を地面につけて支えにして、身体は丸めた状態で、転がってから立ち上がるまでに二秒以上かからないように。もう一度。

どうしてそう先に言ってくれないのかと抗議しようにも、その前に二度目、三度目の足が……。こんなふうに押し飛ばされるのを「蹴りを入れられた」とまで言うのは微妙だろうが、ともかく足が飛んできて、彼女は続けざまに倒れ、十分ひねくれた気持ちになる。とはいえ、これがどういうことかはなんとなく理解する。手で押せばすむものをわざわざ足で突き飛ばすのは、体重をかけるためだけではないはずだ。彼女の身体が人格をもたない器、ないしは道具になるべきだという催促である。生存のための認識はすべて身体に残しておくが、自我という認識だけは、パンパンと払い落として干からびさせてしまわなくてはいけないという恫喝だ。

——柔道をやってるんじゃありませんよ。一般的な受け身と同じだと勘違いしたら大間違いだからな。受け身は、床との接触面を最大化して衝撃を分散する安全第一のやり方だが、こっちは、安全は安全で確保しつつ、反応するスピードがものを言うんだ。もう一回。

おまけに、倒れる回数が増えるほど、言われた通りの姿勢はできても筋肉が疲労して、むしろ立ち上がるのに時間がかかっている気がするし、目の回るスピードばかりが速くなっていく。そんなことを数十回繰り返しているうちに、とうとう彼女は、立ち上がる途中でころりとまた後ろに倒れてしまう。

——もうへとへとじゃ困るんだがな。

皮肉っぽく吐き捨てた後で突然彼の顔色が変わり、駆け寄って様子を窺うと、慎重な手つきで支えて彼女の身体を起こす。

――お前、これどうしたんだ。

その言葉を聞いた瞬間、彼女は、倒れては立つの繰り返しでゼイゼイ息を上げつつも、自分がどんな状態かに気づく。

――あっ、これはそういうんじゃないんです。ちょうどあれが始まる頃なので、少し待っててください。

彼女は彼の手を払って立ち上がると、とぼとぼと山小屋に向かって歩き出す。近くに店や商業施設がまったくないと聞いたけど、行った先で洗濯までする余裕なんかどこにあるの、みんな捨てて来ちゃって構わないから、と、チョがあるだけかき集めてよこした、受け取っておきながらもリュックの奥に押し込んだきりの、木綿のハギレ一包み。煩わしい行事だ。どうせ、子供を産み育てるような普通の人生とは縁がないんだから、いらないのに。搔爬《そうは》手術とかじゃなく、こんな臓器、いっそ根こそぎなくしてしまえたら。最初から存在さえしてなかったみたいに、跡形もなく……。

位置も違う上にタオルでぐるぐる巻きにした中腹部を、彼がブーツの爪先で、蹴るのではなく押すだけだった理由に察しがついて、彼女は苦笑いを浮かべる。

これを……いつ、使うことがあるっていうのさ？

さっきの続きとばかり思っていたのに、身体と服を整えて再び彼女が森へ戻って見回すと、遠くの木に的がくくりつけられていて、木陰では銃や付属品などでいっぱいのリュックが口を開けている。

——三、四日は、倒れたり転がったりはやめておこう。とりあえずこっちへ。

——あたしなら、大丈夫ですけど。

——お前が大丈夫でも、俺が大丈夫じゃない。

——こんなもの。

不快感と鈍痛が、口から出る言葉の神経線を齧り取る。木綿のハギレはありあまるほどだ。ゆとりのある広い心を見せつけるように、自慢でもするみたいに、チョが詰めてくれた木綿のハギレは、あふれかえるほど多い。

——使いものにならなくなったって、かまいません。

本当は、あのまぶしいほど清潔な木綿のハギレなど、一枚も使いたくない。その想いとともに、彼女の声は発作的に歪む。

——なくなったほうが、いっそマシかもしれないです。

——おい、このやろう。

大股で近づいてくる彼の様子に、今度こそ本当に蹴り飛ばされる気がして、彼女は吸いこんだ息をほぼ止めた状態で腹圧を高く保ち、道端に咲く黄色や白のニガナの花に目を転じる。

いまにも拳か足が飛んできそうな勢いだったのに、彼は数秒置いてから口を開く。

——休めの姿勢をとってください。

さっきの気を付けから始まった流れでいくと、キックが飛んでくる予定はなさそうだが、かわりにこの姿勢なら十中八九横っ面を張られるだろうと覚悟して、彼女はこっそり溜息をつき、左足を横に出して後ろ手を組む。

――お前がいま、一番自信があることは何だ。

――はい？

これはまた、やや唐突な質問だ。

――お前が、そこそこできると思ってることは何か、って。

――それは……力を使うことでしょうか。

――だよな。それをわかってるヤツが。

彼は五本の指を広げると、彼女の下腹部を包むように示し、言葉を続ける。

――ここをちゃんと大事にしとけっていうのは、結婚して子供を産めって意味じゃない。ここがダメになって引っこ抜いたら、力が出なくなるんだよ。しばらくは、麦茶が入ったヤカンだって持つのがしんどいらしい。どうしてかは俺に訊くな。ただそういうもんで、そういうふうに不公平にできてるんだ。身体がな。

周りに、そんなことまで普通に教えてくれる大人の女がいなかったから知らなかったというだけでなく、その結果を想像してみるのはもちろん、チラッと考えを致すこと自体初めてで、彼女は言葉を失う。

――せっかく力自慢のヤツが力を使えなくなったら、そういう人間は要ると思うか、それとも不要か。

――不要です。

――だったら、そういうことを二度と口にするな。

――しません。

――じゃあ、こっちに来い。

彼女は、本来は最後に教わるはずだった銃の分解や掃除、ならびに組み立て、さらには射撃、弾倉交換やら何やらに、予定よりも早く取り組むことになる。

あわせて、空気抵抗、重力、落下、有効射程距離、最大射程距離、加速度、殺傷力、貫通といった、生涯縁がなかったはずの言葉について聞かされることになる。透明のシューティンググラスが視界の邪魔になってしょっちゅう外したくなり、すると、まだダメだと言って、すぐにずれたイヤーマフまで彼がきつくかぶせ直す。慣れるまでは角膜も、鼓膜も、保護されるべき年齢なのだと言う。いまからケガをしても無意味というわけだ。彼女は、立って撃ち、座しても撃ち、うつ伏せでも撃つ。山全体に銃声を刻み、火薬の痕跡を印す。彼の手が肩、顎、そして脇腹に触れて姿勢を正すのが気にはなるが、命中率は悪くない。そして彼女は、その手つきが、のちのちたとえ彼が不在のときも、自らの身体の奥深くに残存するであろうことを知っている。

頸動脈の位置を示すと、次に彼の指は鎖骨へと下りていく。鎖骨の下のあたりにも動脈が走っている。真ん中を中心にして左側と右側に、それぞれ。ひとまずそこを斬るのに成功したら、出血量はもちろん、ショックの大きさや死亡に至るまでの時間は、心臓を刺した場合とほぼ変わらない。だが、そこそこ深い場所にあるうえに一部は筋肉に覆われているから、心臓同様、一度で仕留めるのは難しい。

腹部の臓器の場合、傷の大きさや深さによって死亡確率は千差万別。とはいえ、ナイフを抜き取ったときに臓器の一部が刃にくっついていたりすれば、血の鮮やかさとあわせて視覚効果は高く、対象の恐怖を倍増させ戦意を失わせるという点で、生物学的な要因以上の早い死をもたらすのには有効だ。

——それと……関係なさそうに見えるが、ここもな。

木の根元に腰を下ろした大腿部の内側に置かれ、そのまま撫でおろされる指に、まるで吹き消されたばかりのマッチの頭を押し付けられたかのように、彼女の身体はびくりとする。

——ここにも動脈が通っている。一度まともに斬られたら、筋肉と血管が絡みあって手の施しようがない。この場所にもし銃弾《タマ》が貫通したら。一緒に砕けた骨の破片が、血管をほじくり返して通っていくから、ますます出血は増える。二分以内に止血しなけりゃ終わりだ。つまり、どこを刺したら早く死ぬかを頭に入れといて、できるだけそこを狙えばいいわけだが、とはいえ仕事をしていて公式通りにいくことはほとんどない、心の余裕もないだろうから、必ずしも位置にこだわらなくていい。むしろお前自身がそういうところをやられないよう、身を守るほうが大事なわけで。おわかりになりましたか。

彼女が、見えるか見えないかでうなずくと、向かいに座った彼は、片手を彼女の脚に置いたまま、別のほうの手の甲で彼女の唇を、切れて腫れた部分は避けながら、軽く弾く。

——口で言え、返事は言葉で。口がついてんのに、いつ使うつもりだ。そのうちお偉方らと会うこともあるだろう。うなずくのがダメとは言わないが、声も出せ。

——だけど……。

――それと、答えは短く。はぐらかさない。

彼は気づくことができない。口を開いたら、声を発したら……口の中でひらめいている蝶に、はばたくことを許してしまったら。彼が知ってはならず、知る必要のない、だが、とうに知られているかもしれない想いが突然あふれ出しそうになる恐怖に、彼女が囚われていることを。それはおそらく、流れ出すとか漏れ出るとかいうおとなしくて行儀のよいやり方ではなくて、荒々しくジグザグに縫い付けてあった部分が引きちぎられ、こじ開けられ、もつれ出るような恰好だろう。そこには拾われることの叶わない言葉が、千切れた蝶の翅《はね》のように散乱するだろう。

その破片の形態を想像して、彼女はやがて、沈黙で結ばれた垣根にナイフを突き立てる。

――訊きたいことが、あるんです。

――おっしゃってください。

――いまのそれです。なんで、ときどきあたしに、そんなふうに敬語を使うんですか。

――ああ、なーに、これは大したことじゃない。

それが単なる習慣ではなく一種の努力に近いものであることくらい、彼女にも察しがついている。片方に傾きそうになる天秤のバランスをとるかのような。その片方が何という名かはわからないが、限りなく不可能に近いものなのだろう。

――これは、自分のためだ。

あたしのためじゃなく、あなたのため？　彼女は訝しむ。

――いま、お前は未熟で、都合上仕方なく俺の支配下に置かれてる。だからって、それにかこつけてやたらなマネをしちゃいけないってことを忘れないように、ときどきな。もし、お前がのろのろしてるのにキレて、致傷だの致死だのをやらかしたら、お互い困るだろ。下山したらお前は俺と同じ業者なんだから、わざわざそんなマネをすることはないし。

彼の言う「やたらな」の基準がその程度であることを、彼女は知る。そしてこれまで、彼が大方は残忍ながらも、しばしば慎重に振る舞っていたことを思い出す。

そんなふうにして、彼女の身体は日ごと、彼に指示されたり促されたりした通りに変化していく。彼の声と手が彼女の動きにリズムを与え、動作の旋律に変化をつける。この二一日間、ひたすら彼女だけに集中していた視線。彼女だけを呼ぶ、呼笛のような声。破壊が新生に置き換わることを繰り返し、もはや彼の手が不要なくらい、彼女の身体は日々、研ぎ澄まされていく。汗と血と砂の飛散が彼女の身体を作る。彼に正してもらわなければならない身体ではなく、ただそのままで、彼の身体そのものになっていくのだ。いずれ自分の身体、彼の身体とわざわざ考えなくてもすむ、限界あるいは境界を破壊する身体になっていくのだ。彼の武器となることで、彼の身体とひとつになるのだ。

二七日目、自分が心得ている基本はひと通り教えてやったから、後は実戦で折に触れ慣れていこう、今回は集中訓練だからこういうかたちだったが、もう山に長期で籠ることはないはずだ、と彼は言う。今後、合宿研修という名目で家を空けるのは三泊四日か、長くても一週間が限界だろう。もっとも、知り合いが某所の隠れ家地下に、当然違法の射撃訓練場を作る予定だから、連絡が入り次第、主としてそこを利用することになる、とも言う。たとえすっかり気に入るレベルでなくても、レールや発条《ぜんまい》のような舞台装置あたりを動員して、左右あるいは上下に動く標的も用意されているだろうから、移動標的を使っての射撃訓練ぐらいは軽くできるだろうと。

どうであろうが、ひどく汚れ、さんざん擦り剝き、ケガの部分に土が入り込むせいで抗生剤の世話にもなり、軍用の保存食には飽き飽きで浴槽にもつかりたい彼女は、その言葉を歓迎する。あわせて、「山嫌《けど》いになっちゃいけない」と語る彼の言葉を右から左へ聞き流していることを気取られないよう努力をする。

――この山だけの話じゃなく、地形を丸ごと頭に叩き込んで、山でも海でも手の内に入れておかなくちゃダメだ。目をつむってても出入りできるくらいに。

それは死体を処理するため、それ以前に、たいていこういう場所でターゲットを始末することが多いから。だからこそ、この一ヵ月近く、山を広々と使ってきた。山小屋からはるか遠くの深い森まで分け入っての射撃訓練で鳥や鹿の熟睡を妨害したし、その翌日は、山小屋から半日ほど徒歩で移動してナイフの練習をした。そうしていても、彼が草を結わえて森に残したいくつかの標識をたどって、迷わずに山小屋へ戻ることができた。そのすべての標識が、彼の行動すべてが、目から取り込まれて肺にしみ込んでいる。彼女はこれから、どんな山でも道に迷わないはずだ。

――明日すぐの下山じゃなく、あさってぐらいに荷造りすればいい。

そう言いながら、彼は日本製のココアが入った密閉容器を取り出す。たっぷりはないから、いままで極度に疲労した日だけ、彼女にだけ、たったの二度飲むのを許されたココアだ。下山のときが近いからか、今回は蓋ですりきることもせず、パウダーをスプーン一杯山盛りで贅沢にすくい入れると、そこに沸かしたての熱湯を注ぎ、二つのカップを食卓に置きながら、彼が褒美のように言う。

——とにかく、俺についてきてご苦労だった。

——いただきます。その、あたしはどのくらい……。

あなたに、追いつけましたか？

——成長したかって？　夢もデカいですねえ。でもまあ、思ったよりはそこそこやってくれたよ。ここを放り出して夜中に逃げ出さなかっただけでも、九〇……じゃなくて八〇点。

——それ、実は、一人で夜中に迷って猪や熊に遭ったらどうしようって思ったからなんです。また七〇点に逆戻りですかね。

——正直に打ち明けたから、プラスマイナスゼロだ。仕方なく残ったのだとしても賢明な判断だし。それにしても、猟師がすっかり捕りつくしたのか、最近そういうのは見ないな。いるのは蛇くらいのものか。それだって、蛇売りの連中が捕まえていったんだろう。実際、デカい虫くらいしか見なかったもんな。

――そういえばそうですね。じゃあ、安心して逃げればよかったです。

――ま、だとしても関係なかったさ。そしたら俺が……。

あたしを、諦めていたはずだから？

どこに身を匿《かく》そうが、また捕まえてきたはずだから？

彼女は、二つ目にやや天秤が傾くことを知っている。自らの意志で逃走した彼女を探して捕まえるとすれば、それは惜しい人材だからというよりは、彼の事業内容を知ってしまった一般人(かつ殺人者)の口を永遠に塞ぐため、という理由だろうから。

――渓谷あたりで仰向けに浮かんでるお前の亡骸を、回収するんだろうしな。夜の山道をナメちゃいけませんよ。野生動物がいないってだけで平気なわけじゃない。

二つのうちのどちらでもなかったから、彼女の心は一瞬緩む。彼の目には彼女が依然として、十分な装備なしには闇を脱出することも困難なふうに映るのだ。

——死体を、回収してくれるんですか。

——しなくてどうする、俺が山に引っ張ってきたのに、弔ってやらなきゃ。肥やしになれって草むらに棄てとくのか。

弔う、だなんて、あたしを連れてこの山に来る前に言ってたことと違う。俺の行くところに一緒に来るか、そう訊いた後に付け加えた言葉と。布団の上で死のうなんて夢にも思うなよ。まともな葬式どころか、下手したら死体だって見つからない死にざまだろうからな。

二人は向き合って腰を下ろし、実に久しぶりのココアを啜りながら、深まる夜、森の主《あるじ》たちが奏でる、さまざまな色彩や質感を持った音に耳を傾ける。互いに呼び合ったり、押しのけ合ったり、究極、消え去るために存在する音たち。

口の中が濃厚なチョコレートの香味にたっぷり満たされると、世の中で最も難しい暗号の一部が解読できたような、錯覚にも似た満足感やゆとりのあわいに、疲労感が忍び込んでくる。これまで、夢の中でさえ研ぎ澄ましていた感覚や意識が、川の流れにほどけて水草と絡み合い、粥状になる紙のごとく、どろりと影も形もなくなっていることに、彼女はとうとう気づくことができない。

ひときわ敏感になった触覚と聴覚を限界まで尖らせて、蛇が完全に遠ざかったと思える頃、彼女は、二本の指でしっかり握った石を再び紐に押し当てて擦り始める。夜明けの空気に夢を奪われてからの時間は、五分あまりに過ぎないはず。真夜中の記憶が鮮明によみがえってくるなり、紐を擦る手の動きはいっそう速さを増して、親指の関節が抜けそうなほどである。

殺す。一刻も早く行って、殺しちまう。これが弔いか？　しかも、生きている人間を。ココアに何をぶちこんだんだ、あの野郎。すぐ翌日に下山すると言われていたら、彼女もそれなりに不吉な予感を抱いたかもしれない。昔話では普通、姿を変えるとか何かを征服するとかのミッションに失敗する主人公たちは、期限の百日まであと一日というところで罠にはまったり、最後の最後で一つの関門を乗り越えられなかったりというパターンでその敗北が強調され、悲劇が最大化されるものだから。それにしても、下山の日付なんてなんとでも言いつくろえるものを、あさって荷造りをして、しあさって出発と勝手に思い込み、油断してしまった自分への燃え上がる怒りで、ついには紐の一部が焼き尽くされる。

続いて石を捨て、残りの紐を力いっぱい引きちぎる。目を塞いでいた黒い布切れを外して投げ捨て、いまや手は太ももに提がったレッグホルスターからナイフを抜き取って、足首を縛っていた紐を一瞬で切り捨てる。斜面は横たわっていたとき感じていた以上の急勾配であり、もっと下に転がっていたら、たちまち崖にも似た急傾斜が姿を現す状況だ。

回れ右して丘を上がると、岩に腰を下ろして時計を覗き込んでいた彼が顔を上げる。

——意識が戻ってから、七分四二秒。

彼女は、深呼吸をして息をなだらかに整えながら、彼の首にナイフの刃を突き刺したいと思う憤怒と、逆に腕を伸ばして彼の首にかじりつきたいという急流のような衝動に巻き込まれないよう、とりあえずはホルスターにナイフを固定する。

——これは若干期待外れなんだが。

——そこから五分引いてください。蛇が身体から離れるのを、しばらく待ってたんです。

——一回様子を見に行ったが、その後に蛇が出たか。蛇売りどもにもう少しがんばってもらわないとな。とはいえ、二分四二秒。ギリギリ落第を免れたわけだ。くれるってもんを疑いもせずに受け取って飲んでる段階から減点だが、それはもう、わざわざ叱らなくてもわかってるだろうし。

彼女は大きな歩幅で近づくと、岩から立ち上がったばかりの相手の腹に、垂直に拳を入れる。直角を作った拳にありったけの力を込めて強打すると、すぐにどすんと音がして、木の幹まで揺れる。銃の射撃とさしてかわらない振動が腕に伝わってくる。この間十分スピードがついたおかげで、鋭いパンチがややまともに入ったのか、彼は二、三歩後ずさってよろめく。

——よける気がないなら、続けますが。

——なんでも受け入れてやるって言ったろ。そうされる資格があるんだよ、お前にはな、十分に。

その言葉に気を殺《そ》がれて、二番目の拳はすっかり力を失い、とん、とノックをするように彼の身体に触れる。そこに彼の片手がすっかりかぶさって手首を引き寄せられたかと思うと、次の瞬間、彼女の頭と震える肩は、彼の腕の中に抱きとめられている。

——よくやった。がんばった。

それは、今後彼女がどんな状況に置かれても、そう簡単に傾いたり折れたりはしないというお墨付きのような抱擁であり、彼が与えることのできる最善の激励であり、完成された身体への贈り物である。

――もう本当に、終わりでおしまいです。今日、家に帰ろう。

――わかりました。これ、離してください。

そう言っている自分の声が震えていないことを、高鳴る鼓動が彼に伝わっていないことを、最後まで、そのいずれも表に出さずに収納して、封じてしまうための箱の深さと広さが、自分の中に無限にありますようにと祈りながら、彼女は無関心を装って話をそらす。使える道具だと賞賛する彼の言葉や腕に、陶酔しないように。

――悪い、もう少しこのまま、目を閉じてじっとしてろ。

――はい？　何が……。

訊き返しながら反射的に振り返ろうとした首を、彼の腕が、鉛の弾頭を隙間なく包む全被甲弾のように、髪の毛の一本まで閉じ込めて束縛する。

――言われた通り、ちゃんと目をつむって耳を塞いでろ。別れ際に、お客のお出ましだよ。

彼女が耳を塞ぐなり彼の身体が離れ、ほぼ同時に銃声が上がる。これを見るなというのは、まったくもって不可能だ。一度目の銃声が消えきる前に、彼女は耳に突っ込んでいた指を抜き、振り返る。

銃弾がかすって血を流している野生の猪が、少し遠くで喘ぎつつ、次の突進に向けてその場で地面を踏み鳴らしている。牙に突かれたのか、彼は片方の大腿部から血を出した状態で倒れ、攻撃を受けて手を離れた銃が、彼女の足元まで飛んできている。

——じっとしてろって言ったのに。すまないが……。

彼は、倒れている自分のほうに銃をよこせという意味合いの手ぶりをする。アレはすでに傷を負っているし、先に攻撃をしかけてきたのだから、気の毒だが殺《や》らざるを得ない。しかし彼は負傷した状態で、銃を撃つどころか、上半身を起こして腕を伸ばせるかも不透明だ。彼女は、銃を押し出す代わりに急いで拾い上げる。

――お前には無理だ。まだダメだって。的じゃない。動く標的なんだよ。早くこっちによこせ。

促す彼の大腿部から流れ続ける血が、地面に池を作っている。そうだ、大腿部。これが彼の言っていた動脈の位置かどうかはパッと見ただけではわからない。筋肉だか骨だかがよく邪魔をして、そう簡単に血管は切れないという話だったが、とはいえ出血が多ければ危険だ。おまけに、もうすぐ手負いの獣が、その場を蹴ってこちらへ駆け寄って来るだろう。よろめいてでも、とりあえずは来るはずだ。

止血も急務、ヤツを始末するのも急務だ。

どの瞬間も考えるが、考えに溺れたら、死ぬぞ。

彼女は、彼の大腿部の出血部位に、片方の膝を刺すように押し当てる。膝の下から、彼の悲鳴に近い呻き声が上がる。いい気味だ。

――何してる、お前は無理だって、どけ。

――ちょっとおとなしくしててください、揺れるから。

その状態でもう片方の膝を立て、銃を構えた右手を左手で支える。照準器越しに相手の気配を窺う。撃鉄はすでに起こしている、ジグザグに暴走するのでなければ、真っすぐこちら目がけて走ってくるのであれば、距離だけが急激に近づくのであって、的の位置自体はそれほど変わらない。飛びかかってくるのは雀ではなく、被弾面積が大きい獣だ。

握っている金属が汗で滑る。おまけに、ひょっとしたら機会は一度きりだ。相手は的ではなく生きて動く動物であるという事実を前に、いまになって手に伝わる生硬さを気にかけている暇はない。

ヤツが、走ってくる。

彼女は、両手の中で一つの世界を握り潰してしまう。世界はわずか一度の銃声によって、押し潰された果実のように簡単に砕け散る。その破裂音が雷のように耳を弾くが、彼女は音に屈しない。目がヒリつく。これで、何も取り戻せず、どこへも戻れなくなった。首から血を流した獣はすぐ目の前で仰向けに倒れると、恨みがましい目をして彼女を見上げながらハアハアと荒い息を吐き、その苦痛を減じてやるために、彼女はさらに一発撃ち込んで息の根を止めてしまう。手の中にあった――そもそも、握り取ったことがあったかどうかは不明だが――果実のような世界は種すら残っておらず、果肉は、既に分解が終わった死体のように跡形もない。

自分が殺ったものの亡骸を一度見やってから、彼女は安全装置をロックして銃を置く。

――鼓膜はいかれてないか。生で聴くのは、初めてだろ。

彼女は頭を左右に何度か振り、耳の中にガサゴソする感じや耳鳴りがあるかを確認する。

――少しわんわんしますけど、すぐ平気になりそうです。

――よかった。

――これまでさんざん脅されてたせいか、意外と衝撃が少ない気がしました。

――そうは言っても、後で病院に行って一度確かめておこう。

彼はようやく安堵の息を吐くと、ジャケットの内ポケットから、残っていた弾性包帯を一巻き取り出して彼女に突き出す。

――これがバットで殴られても仕方のないマネだってこと、とりあえず覚えとけよ。勝手に銃を。

――言うことを聞かなかった罰は、甘んじて受けます。

――そういうことじゃない。危険だって言ったろうが。

これから、数限りない危険のなかへとこちらの背を押す人の言葉としてはどこか不釣り合いに思えて、彼女は返事を返すのを諦め、黙って包帯を受け取る。間に合わせの止血の姿勢を解除して、彼女は彼の患部に包帯を巻いていく。緊張が緩むのと同時に、自分が何をしたのか、また何を始めることになったのかの実感が湧いてきて、ある種のエクスタシーに近い戦慄を隠すため、包帯を巻く手にいっそうの力がこもる。六、七回ほど巻いてぎゅっと縛ると、彼の顔が歪む。

――まだそれだけ力が残ってるんだな。確実に止血されたよ。

――布団洗いをして暮らしてた人間の力を、ナメちゃいけません。

――そういえば、お前の勝ちだな。

――何のことですか。

――ご覧の通り、背中が地面についてる。完璧な一発合格だ。

彼女は大きく息を吐く。忘れていたけれど、そういえば、そんな言葉をいつか交わしたっけ。

――猪がいる場合は計算に入りません。それに、先に一発当たってフラフラこっちに来るのを、たまたまあたしが仕留めただけで。

――実地ではそんな事情、誰にも汲んでもらえないって肝に銘じとけ。

そう言う彼は、蛇が出たことを考慮して、五分をカウントから引いてくれる人だ。

——起き上がって座れますか。

彼はそっと上体を起こすと、まずはゆっくりと首を左右に振り、腕を動かす。

——ああ、骨折して死ね、ってくらいに力いっぱい止血されたおかげで、だいぶマシだ。

——下山したら、まずは病院に行きましょう。でも、この脚でどうやって運転します？

続けて彼は、包帯を巻いた脚も少しずつ左右に動かしてみる。傷は深くないらしい。ひょっとしたら首から下の彼の身体を覆っているのは、傷痕とそうでない部分の見分けがつかないような一枚の皮膚なのかも。

——車を預けてある家まで行って電話を一回借りればすむ話だ。運転してくれる人間はごまんといる。

——家に帰ったら、奥様には自分で説明してくださいね。あたしには言える自信がないので。

——だな。

——どうしてこんなことになったって言うつもりですか。

——違う話をする必要はないさ。お前が言いつけを守らなかったおかげで、俺が命拾いしたってこと以外。

——それは……。

彼の言葉が撃針となって雷管を打ちつけたせいで、彼女はとうとう慟哭してしまう。たちまちに身中に展《ひろ》がった旗が、救助要請や降伏宣言のようにはためく。これからあまたの死体の山を築いていく手、斬って、刺して、燃やしてしまう不毛の手、作り物の標的ではなく生命を撃ちぬいてなんぼの、略奪や殲滅という言葉でしか表現されない人生を歩み始めたことを知り、それまでの平凡な時間とは生涯をかけて訣別せざるを得ないだろうという予感、かなりの確率で予想されるわが身の沈没の方式、にもかかわらず、何かを殺《あや》めることで膝の下に横たわった人を救えた手という、総体としてのアイロニーが、鼻の奥を痛いほど刺激して掻き回す。

彼は、その嗚咽が恐怖から解放された安堵のせいではないことを察して、何も言わずに手を伸ばし、彼女の肩を抱き寄せる。両の手は結び目を作るように、あるいは、かれらが進む地獄には存在するはずのない善なる神への祈りを捧げるように、彼女の腰のあたりできつく指を絡め合わせている。教えてやる必要はないだろう。遠からず、自分で気づくはずだから。一生指先や枕元から消えない死臭にくらべれば直接的でも具体的でもない、いま感じている、その名づけがたい不可解な感情は、あとどれほど残っているかわからない今後の人生という地盤の下で、ずっと余震のように震え続けるだろうことを。たとえそれが山崩れを起こしたり、橋脚をへし折ったりすることはできなくとも、最低限、最後の息を吐くときに訪れる完璧な寂寞《せきばく》のなかには、自らの着弾点を見つけられるはずだと。

作家のことば

長編小説『破果』の改訂版が刊行される頃、その外伝にあたる短編を構想しました。その時は漠然とした、登場人物のこんな局面やあんな瞬間をつなげたフィルムの断片のようなもので、いつか機会があればそういう物語を発表する時も来るだろうと思う程度でした。そのいつかが今になるとは知りもせずに、です。

六五歳の女性を主人公にした『破果』の初版刊行時期を勘案して、彼女の一〇代の頃の一場面を取り上げた本作『破砕』の時代背景は、一九六三〜六五年のあいだとお考えいただければいいでしょう。

「女性の叙事」という言葉が日常に台頭していなかった二〇一三年の夏のある

日、新聞記者の方から、『破果』の主人公を高齢女性にした理由を尋ねられました。当時、言葉で緻密に構造化できるほど自分のなかに問題意識があるとは思えない状態で、私はこう答えました。

「女性は弱者ですが、老年に入ると、二重苦をあじわう弱者になるんです」

のちに、女性の物語がかつてないほど重要になるとは知らなかった頃のことでした。

それから一〇年が過ぎて、『破果』は思いがけずたくさんの方から声援や支持を受けました。一方で、これが果たして「真の」女性の叙事に当たるのかという問いや、作品を無視する態度とも向き合うことになりました。そういうたびに、大抵は「該当しない」という判定が下りました。主人公が爪に色を塗ること、幼い子供を救う行為が母性を思わせること、異性に対して生じる想いなどが、主な欠格事由とされていました。

そして私は、彼女が完璧でないから好きです。健全でない思考と有害な感情を抱きうる人間だから好きです。たくさんの共感の理由の相当部分は、その完全でもなく望ましくもない姿にあるのだと思います。おかげで欠格を抱えた書き方を続けられたことに、感謝しています。

その有害な一時期を、遅まきながらも伝えられる機会が得られて幸いですし、うれしく思っています。

二〇二三年春　　　　クォ・ビョンモ

ク・ビョンモ インタビュー——「小説は文章の芸術です」

インタビュー・進行　キム・ソマン

原著で一〇〇ページにもならない短い物語がなかなか頭から離れず、まるで自分が暮らすこの世界で、実際に起きたことのように影響されているのはなぜだろうか。作家、ク・ビョンモの新作『破砕』を読んでからかなりの時間が経っているのに、「爪角《チョガク》」という、名前からして一歩距離をとって眺めたくなるその人の生きざまが、長く周りを漂い続けている。爪角の職業は、ミステリー、スリラーのジャンルではおなじみの殺し屋だが、誰かに追われたり、誰かを殺す任務を全うしたり、というわけではない。『破砕』はむしろ、「自分はどうやって自分になったか」を語る小説である。韓国ミステリーの、奇怪な犯罪や奇抜なトリック、推理プロセスによる遊戯にとどまらず、それらを通じて、結局は一人の人間の暗くあたたかな内面、そして、人生を垣間見せてくれているのではないか。世の中の陰の部分と美しさを謳《うた》いあげているのではないか。そんな期待を抱きながら、作家、ク・ビョンモに『破砕』について訊いた。

――まずは、『破砕』についてご紹介いただけますか。

はい。『破砕』は、二〇一三年に初版が刊行された長編小説『破果』（日本語版、小山内園子訳、二〇二二年、岩波書店）の外伝的な短編小説です。『破果』が高齢女性の殺し屋の衰えや、にもかかわらず強靱にならざるをえない瞬間を、過去の場面やエピソードを交えつつ描いていたとすれば、『破砕』は『破果』での過去のエピソードのうち、具体的に明かされていなかった場面、殺し屋になるべく実際の訓練に入った一ヵ月のあいだの出来事を、二〇〇字詰め原稿用紙一七五枚ほどで書いたものです。

――『破果』の刊行から一〇年ぶりの外伝ですね。企画のきっかけは?

二〇一八年に『破果』の全面改訂版を刊行したとき、こういう内容の短い外伝があってもいいな、くらいにはチラッと思っていたんです。ただ、韓国で、ある小説の外伝が別途執筆・刊行されるという場合は、その小説がなみなみならぬ知名度であることが前提という気もしました。ですので、当時は書けませんでした。何より、書いたとしても無意味に埋もれてしまうだろうと判断しました。何より、次から次へと他にやらなければならないことが増えて、ずっと先送りになってしまっていたんです。そのようななか、二〇二二年の春の終わり頃ですが、出版社のウィズダムハウスから、五〇人の作家が中・短編小説を週に一回ウェブで連載する〈wefic〉（「ウィークリーフィクション」の略）シリーズを準備しているということで提案されました。その時もやはり、サイトに公開する短編小説を一篇、という依頼だけで、爪角についての外伝を、という話ではありませんでした。ですが、改訂版刊行から五年が経って、『破果』を記憶していてくださる読者の方も多くなっていましたし、『破果』を刊行した出版社がまさにウィズダムハウスだったという点、つまり、今この機会が、しまいこんでいた外伝の発表にはぴったりのタイミングであり場所だと判断したわけです。おそらく〈wefic〉シリーズというきっかけがなければ、最後まで世に出ることのない物語だったかもしれません。

――『破砕』の最初の文章を五回、繰り返し読みました。

「銃身を通過した弾丸が引き起こす回転の感覚が、肘を走って螺《ら》旋《せん》状に移動する。肩を揺さぶる振動に耐えながら、彼女は動じない。」（ク・ビョンモ『破砕』、本書一頁）

爪角ファンの五感を呼び覚ます文章ではないかと思います。『破砕』の最初の一行を書いた瞬間を覚えていますか。

『破砕』の場合、最初の一行から、明らかに『破果』と関連のある小説だと知らせつつ始めなければと思っていたので、『破果』の文章の一部を変形して書きました。少し長いですが引用すると、『破果』のほうはこういう文章です。

「弾丸が銃身の中で打ち震え、鋼線を滑走するように滑り出る感覚が手のひらに伝わり、手首から肘へと振動が走る。肩の骨がズレたような痛みと圧迫感が広がり、まもなく彼女は、業者の頭にできた赤い孔を照準器越しに見ることができる。」(ク・ビョンモ『破果』、岩波書店、二三五頁)

いくつか共通の単語があることが、すぐにわかりますよね。『破果』は高齢女性なので、身体機能が低下した状態で弾丸を撃つその瞬間に、やや重い痛みや振動が伴う。それに比べて『破砕』は一〇代ですから、揺らぎがない。そんなところも、比較して読みとれる部分かと思います。

——爪角の物語を久しぶりに書かれて、どのようなところが一番大変だったか、教えていただけますか。

物語は頭の中にすべてありましたので、依頼から一ヵ月も経たずに執筆は終わりました。分量からいって、スケールの大きい複雑な出来事を伴うものではなくて、まさに「要点を簡潔に」というタイプの物語ですから、残りは文章のディテールにかかっていました。この小説に限らず、他のどんな小説を書くときも、私が一番心を砕くのは文章についてです。映画は、監督の意図にしたがってシーン一つ一つにミザンセーヌ〔mise en scène〕があり、でもすべての観客が、そこにひそむ象徴や記号を読み取ることはできない。同様に、小説は文章の芸術だと思っています。例を挙げると、ストーリーだけをスピーディに見せるのであれば、単に

「銃を撃った」「ナイフで刺した」とだけ書いても、さして問題はないでしょう。ですが私には、「何を」書くか、ではなく「どう」書くか、が常に重要なことなんです。

――書店のサイトに掲載された出版社による『破砕』紹介コメントに、このような文章がありました。「爪角という人物は、いかにして殺し屋になったのか。その始まりを描く小説」。『破果』を読んだ読者なら、爪角が殺し屋になる段取り的な部分は既にわかっているわけですが、『破砕』において意図された「爪角が殺し屋になるために、必ずや経験しなければならない瞬間」とは、どのようなものだったのでしょう?

特別インパクトのある一つのモーメントを意図したわけではなくて、ただもう誰も信じられず、信じてはならず、どんな状況においても安心してはいけない、ということを「知っていく」過程すべてを指すと思っていただければ。それ以外はっきりとは言えないんですけれど、一つヒントをお伝えすると、『破果』の少女が、自分を守ろうとしてとっさに殺人を犯したのに近いとすれば、『破砕』の少女は、決意をして、自分の意志で、銃を構えましたよね。必ずしも自分が撃たなくてもいい、むしろ、そうしてはいけないと言われていたのに、撃ったわけです。同一人物ですが、その二つの状況に違いが表れていると思います。

――『破果』『破砕』を創作する際、参考にした人物や作品、あるいは作家はいらっしゃいますか？

『破果』を執筆した二〇一二年頃、私はどこかに自由に出歩ける状況ではありませんでした。映画を観に映画館に行くどころか、公立図書館に一度出かけるのも難しくて。また、今のようにＯＴＴ〔Over-The-Top の略。インターネット回線を利用した動画や音楽などの配信サービス〕のコンテンツサービスが定着した時代でもありませんでしたし、電子書籍もさかんには刊行されていなくて、本といえば紙の本でした。そもそも、本を一冊ゆったり読める環境でもありませんでした。そんな状態で、自分の中にある殺し屋のイメージ、自分が確かに「観た」「覚えている」と言える殺し屋は、ただもう大学時代に見た『レオン』だけだったんです。『ニキータ』もタイトルだけは知っていましたが、実際に観たことはありません。小説ですと、キム・オンスさんの『設計者』を二〇一〇年の刊行当時に読みましたが、あの頃は、「いつか殺し屋が登場する小説を書いてみたい」と思うだけで、具体化はしていませんでした。ただ、レオンであれレセン〔『設計者』の主人公の殺し屋の名前〕であれ、とりあえずはみんな健康で元気な男性ですよね？　ニキータは若くて強靭な女性ですし。かれらとまったく違う道を行こうとすれば、私の主人公は、力を失い歳も取っている弱者に近い人物でなければ、と思いました。そう決定するに至った流れは、広い意味で「参考にした」行為と言えるかと思います。本でいえば、銃器関係や戦闘方式についてのものがおもな参考文献です。今は韓国でも国内外の犯罪関連書籍がいっぱいありますが、あの頃はAKトリビアブックシリーズで、戦闘関連の資料や図鑑が翻訳出版されてはいました。ただ、私が一番必要としているものは未翻訳の状態でしたので、日本の書籍を購入して、のろのろ単語ごとに解釈しては参考にするという状態でした(翻訳サイトはなかったですし、完全に辞書頼みの数カ月でした)。それ以外では、当時もすでに希少本で入手困難だったマルチマニアホビイスト〔韓国のミリタリー専門出版社〕の『世界の軍用銃器百科』シリーズあたりを、まったく知らない分野なので、あれこれ写真を眺める程度で。今では、それがどんな見た目でどんな構造だったか、どの機種の弾倉に何発銃弾が込められるか、もちろんすっかり忘れてしまっています。

——殺し屋のように、現実世界で会うのが難しい、資料に当たるのも大変という人物をメインキャラクターに据えているにもかかわらず、ク・ビョンモさんの人物描写には、かなり現実的な生活感がにじんでいる気がします。キャラクターの造型で重要視しているのはどのような部分でしょうか?

『破果』の場合、高齢、女性、殺し屋という三つの単語以外、何か特別細かい要素を周到に設定することはありませんでした。初めから、キャラクターの重要度が高い小説を書きたいと思っていなかったですし、キャラクターが強烈だとか、いきいきしているとか、そういう部分に関心が薄いほうなんです。検討に検討を重ねてキャラクターを練り上げるという観念、一種の企画という観点から小説にアプローチする姿勢は、私の文章の書き方とは距離があります。私にとっての「書くこと」に大きな割合を占めているのは、運命と本能です。もし私の小説のキャラクターがいきいきしていると思われるとすれば、それは具体的なキャラクター設定に重きを置いたからではなくて、精魂込めて書いた文章がもたらす錯視現象かもしれません。緻密に造型されたキャラクターが小説を引っ張っていくのではなく、文章が小説を引っ張りつつ、キャラクターも形象化するわけです。どんなに熱心に図表や年表を作ってキャラクターを練り上げたとしても、それを表現する文章に貧窮していれば、その人物がいかに魅力的かを伝えるのは難しくなるでしょう。私の小説で比較的知られている三作〔『ウィザード・ベーカリー』『えら』『破果』〕だけ読まれた方は、一杯食わされたような気がするかもしれませんね。あれほど「キャラクターがすべて」みたいな小説を書きながら、キャラクター造型をまるで気にしていないだと？　と。実はあの登場人物たちは、みんな文章によって造り出されていただけなんです。

――かなり前から、源泉コンテンツ〔独立したコンテンツとして一定のブランド価値を確保している作品のこと。映画化、ドラマ化される小説、マンガなどを指す〕を中心にして世界観を拡張する、あるいはさまざまなフォーマットでシリーズを続けるといった企画が主流になっています。爪角をはじめとする「防疫」に生きる人々の世界をシリーズ化できるチャンスがあったら、応じられますか？

小説ではそのつもりはありません。これで十分ですし、『破砕』はいろいろな面で例外的なケースでした。いつか遠い将来、この防疫業者たちの物語が、たとえば映画化やドラマ化されて好評を博したら、どんなこともそうであるように続編やシーズン制のようなものが絶対にないとは言えませんが、そのレベルになったらそれはもう私の仕事ではなく、専門家集団の才能や資本が投入される事業であると思います。小説に限って言えば、もしまた銃やナイフが登場する小説を書くとしても、それは『破果』『破砕』の二つの小説と同じ背景だったり、接点があったりというものではないでしょう。作家であれば、楽に座れる椅子に腰を落ち着かせず、立ち上がって他の椅子を探し回るものでしょうから。

――『破果』の刊行時、たくさんの読者が作品の仮想キャスティングを楽しんでいました。『破果』の執筆当時念頭にあった俳優と、今回『破砕』を書きながらイメージしていた俳優は、同一人物でしょうか？

『破果』が刊行された一〇年前からずっと言っているんですけれども、小説家が小説を書くときは小説のことだけを考えています。執筆中に、俳優はもちろん、実在のどんな人物も頭に浮かばない。それを原則にしているとまでは言わなくても、自然とそうなります。私の場合、おそらく普段からテレビを含む映像メディアをあまり見ないので、何かのイメージや映像を吸収して、必要に応じて取り出すという能力や基礎自体が脆弱だからそうなのかもしれません。意図せずしてテキストが自分のすべてになった状態、と言えるかと。かつ、本の刊行後も、「爪角役はどの俳優さんがいいか」という質問にはほぼノーコメントで通していまして、せいぜい「ネット上の仮想キャスティングでは、俳優の誰々さんのお名前が挙がっていました」と明かす程度にとどめています。原作者が何かを直接口にした瞬間、それがオフィシャルなものに姿を変えてしまいますから。読者の皆さんの心の中で自由に変奏され、広げられるべきイメージが、原作者がもたらした一点に集約されて固定化してしまったら、いけないですよね。

――普段「この作家(作品)のファン」と思えるくらい好きな作品はありますか?

何かに、あるいは誰かに深くハマったり、熱狂したりという性格ではないんです。ですので「誰かのファン」の定義は、単に「作品が出るたびすべて買って読む(あるいは買って積読にしている)」人、ということになります。そういう作家はリストからして国内、国外ともに非常に長いので、すべてオープンにするのは難しいですけれども、存命中の外国の作家からまず一人選ぶとすれば、シルヴィー・ジェルマンの小説ですね。忘却と悪意と暴力とアイデンティティに関する小説『マグヌス』(辻由美訳、みすず書房、二〇〇六年)が、特に記憶に残っています。オリヴィア・ローゼンタールの作品も、もし翻訳されたら読み続けていきたいものですが、韓国国内ではまだ『絶対的な状況での生存メカニズム』(原題 “*Mécanismes de survie en milieu hostile*” 未邦訳)一冊しか出ていません。死と死の直前、そして死後が目まぐるしく交差する、キャストパズルのような一冊です。

——最後に、次回作の予定を教えてください。

二〇二三年の夏に小説集〔『ありえそうなすべてのこと(있을 법한 모든 것)』二〇二三年七月、韓国・文学トンネより刊行〕が出る予定です。この数年間さまざまな文芸誌に掲載された短編小説を一冊にまとめた本です。その後もいろいろと予定は入っているんですが、全部やりきれるかどうか。現在執筆中の小説の重要なモチーフが「幻滅」と「嫌気」であるというところまで、お伝えしておきますね。ありがとうございました。

キム・ソマン

映画と本を行き来しながら暮らしている。大学では映画演出を専攻し、現在の職業は出版マーケター。マーケターという一つの井戸を深く掘るというよりは、百の井戸の水を味わって楽しむ（韓国のことわざに「井戸を掘るにしても一つの井戸を掘れ」（一つのことを究めてこそ成功する、の意）がある）人間に近い。幸いにもコロナ以前に実現した世界旅行の、その後の暮らしを記録した旅行エッセイ外伝、『世界旅行は終わった』（『세계 여행은 끝났다』二〇一九年、未邦訳）を執筆。

（『MYSTERY 二〇二三夏号』所収、ナビクラブ、二〇二三年）
Interviewed for 〈계간 미스터리〉(2023 여름호)

解説

深緑野分

ク・ビョンモさんに会ったのは二〇一九年一一月一六日のことだった。

そのひと月前の一〇月、福岡にある出版社、書肆侃侃房から『四隣人の食卓』（小山内園子訳）が刊行された。私はゲラの段階で読み、帯にコメントを寄せ、その縁で、来日したク・ビョンモさんとの対談が実現したのだった。

『四隣人の食卓』を読んだ時、何よりも文章と表現の巧みさに舌を巻いた。もちろん、「公営の集合住宅を低価格で借りられる代わりに、入居一〇年以内に子ども三人をもうけなければならない」というディストピアSFのような奇抜な設定は面白いし、〝完璧な家庭〟に隠された労働格差や性差別など社会風刺としても抜群に鋭く、小説の内容も素晴らしかった。その上で、なお文章表現の巧《うま》さが特に印象に残っている。たとえば、集合住宅に新しく入居したばかりで、五歳の娘がいる女性ヨジンは、回覧板にずらりと並んだ子どものためのオリエンテーリングにチェックを入れながら、こう思う。

「大事なのは、時間を過ごすという部分だった。とにかく時間を過ごし、細胞の数を着実に増やすのが子供の仕事。その子供を見守る大人の主な仕事といえば、時間に耐えることだった。時間に耐え、やりすごし、次のページをめくること。そこに広がった真っ白な面に、新しくてよくわからない線を書きいれてみようと、予想もつかない色を塗ってごらんと、子供をうながすこと。その間に自分自身の存在は毎日少しずつ下絵にされ、最後には消しゴムで消されてしまうのだとしても。」(『四隣人の食卓』小山内園子訳、書肆侃侃房、二〇一九年)

教育熱心な親や教育者たちに巻き込まれつつ、育児に取り組んでいる不安で孤独な母親の心情が、見事に描かれている。この短い文章の中に、親としての役目や、子と親は違うこと、はじめこそ役に立ってもやがては消え失せる親の存在に苦みを覚えつつ、それは子にとっての正しい成長なのだと思う寂しい希望の感覚がぎっしりと詰まっている。

あまりにも巧いので、どんなものすごい作家が現れるのかと、対談の前はかなり緊張した。しかし実際にお会いしたク・ビョンモさんは、物腰が柔らかく、大変に親切で、にこにことした方だった。しかもいくらかの日本語の挨拶と、ひらがなまで覚えてきて下さり、まるでハングルがわからないままだった私は大変恐縮した。

そして打ち合わせと対談を経て、ク・ビョンモさんの落ち着いた物静かな雰囲気の裏側には、創作と文章にかける並々ならぬ情熱が燃え盛っていることを知った。それでいてジャンルにこだわらないため、『四隣人の食卓』はディストピア要素を取り入れた社会風刺小説と言える大人向けの作品だが、デビュー作の『ウィザード・ベーカリー』は一〇代の子から楽しめるYA作品だ。無実の罪を着せられて家を飛び出した少年が、パン屋に入るとそこは魔法の世界だった、という物語で、作風の層が厚い作家なのだとわかる。この『ウィザード・ベーカリー』は大人からの支持も集め、韓国でも爆発的な人気が出たが、メキシコでは出版社が物語を劇化した動画をYouTubeに投稿すると、青少年たちの間で話題になり、作品推薦や紹介動画がいくつも投稿されて、異例の千回以上の再生回数が記録されたという。パン職人をしている魔法使いと人に変身できる青い鳥がいる店と家出少年とは、なんと面白そうで物語性溢れる設定だろう。日本訳刊行が待たれる。

ク・ビョンモさんの想像力と創作力は縦横無尽で、ジャンルの境界線を軽々と超える。私は親近感を抱きながらお話を伺い、彼女が非常に熱心でありながらも、社会派を書く使命感についてははっきりと「NO」と仰っていることに、更に興味を惹かれた。

そして『破果』は更なる変化球の作品で、長年殺し屋稼業を続けてきた、プロフェッショナルな六五歳の高齢女性、爪角《チョガク》の物語である。正統派のノワールであり、漂う雰囲気は一貫して暗く、夜のにおいがする。しかし爪角は死なない鋼の肉体の持ち主ではなく、時間とともに細胞や臓器が古びていく生身の肉体の持ち主だ。目はかすみ、記憶力は衰え、節々が痛む。老いた飼い犬の無用《ムヨン》に餌をやり忘れ、いつか仕事で失敗する日を想像する。

文章の巧さ、表現力の巧みさは『破果』の頃から際立っており、肉体や脳の衰えへの恐れが見事に表現されていた。たとえばこの文章。

「自信があるからではなく、エージェンシーの人間になめられたくないのだ。一体いつ、正確に何度目の誕生日を迎えたら、もはや自分が使い物にならない道具であることを認めるのかと訊かれたら。その答えは。

いまは考えたくない。失敗することなくずっと命が続いてきたばっかりに、たまたまここまで来てしまったわけで。」(『破果』小山内園子訳、岩波書店、二〇二二年)

さてこの「失敗することなくずっと命が続いてきたばっかりに」がいつからの

ことなのかについて、『破果』の中にも少女時代は描かれているが、実際にどのような訓練を経て「爪角」へ成っていったのかを教えてくれるのが、本作『破砕』である。

『破砕』の爪角は若く潑剌としていて、よく動く。韓国のフェミニズムムーブメントの中で『破果』が評価され、「女性の叙事」の一作となった大きな理由は、爪角が高齢女性でありながらベテランの殺し屋であった点だ。フィクションにおいて、孤高でかっこいい男の人気職業だったはずの殺し屋に、老いた身体を引きずりながら働く老女をあてはめた物語は、特に中年以降の女性にとっては痛快で、共感できるものだった。男は加齢臭がするなどとからかわれるが、女は加齢臭すら存在することを許されないほど、老化を忌み嫌われる。中年男の哀愁は笑いと共感を呼ぶが、中年女の哀愁は鬱陶しがられるだけだ。

「女性は弱者ですが、老年に入ると、二重苦をあじわう弱者になるんです」

ク・ビョンモさんは二〇一三年、改訂前の初版が刊行された際にこうインタビューで答えたという。

この評価点を鑑みると、読者の中には『破砕』の主人公が若き爪角であることに失望する人もいるかもしれない。しかし著者はフェミニズム作品として評価された『破果』に関してさえ、本書「作家のことば」ではっきりと「これが果たして「真の」女性の叙事に当たるのかという問いや、作品を無視する態度とも向き合うことになりました。そういうたびに、大抵は「該当しない」という判定が下りました」と書いている。その後の文章も含めて、社会派を書く使命感を問われた時に「ＮＯ」と答えたク・ビョンモさんらしく、私は微笑んでしまった。

これだけ多岐にわたるジャンルの小説を書き、社会風刺や社会の穴を埋めるような設定などを使いながらも、「小説」であり続けることにこだわり、不完全な生物としての女を肯定する。確かに「作家のことば」のとおり、ネイルアートをし、子どもを守り、異性への淡い恋心や思慕を持つ爪角は、規範どおりの女性像と言えるかもしれない。

しかし「そして私は、彼女が完璧でないから好きです。健全でない思考と有害な感情を抱きうる人間だから好きです」という言葉を疑う人はいないだろう。ダサいピンクを女のものと押しつけられることに抵抗しつつ、同時にお気に入りのピンクのスカートを翻らせることは両立するように、私たちは理想が望まないものを愛せる。

『破砕』の爪角の若さも、成長前の未熟さも、この先大きくなっていくリュウへの思慕とその予感を匂わせる甘さも、すべて等身大で偏っているからこそ、『破果』と太い動脈で繋がっている証左だ。

これまでの作品で光っていた文章の巧みさについては、『破砕』は少しずれるように思う。おそらくク・ビョンモさん自身が『四隣人の食卓』対談でも答えているとおり、彼女は「家の中で生活していて」、運動神経を読者に喚起させるような書き方をしていないせいだ。これを鈍い表現と感じるかどうかは人によると思うが、『破果』の「訳者あとがき」で記されているとおり、ク・ビョンモさんは「読みやすくしない」ことを心に決めているとは書いておきたい。「邪魔をするような文章で読者の行く手を阻み、疾走し続けられないようにするのが目的だ。ずいぶんひねくれたやり方のようだが、それ以外、可読性という神話に抵抗する手段を思いつかない。」(中央日報日曜版『中央SUNDAY』二〇二〇年五月二三日より)

実際にお目にかかった時、穏やかで柔らかな人だという印象を受けたが、とんでもなく暴れん坊でひねくれ者で頑固者の、ニヒルな一匹オオカミが、作家ク・ビョンモさんの本当の姿だ。だからこそ私は、穏やかで柔らかだという印象を大否定する作家性を持つ者として、強くシンパシーを感じたのだろう。

最後にもうひとつ、『破砕』巻末収録の雑誌インタビューから最高の言葉を引用しておこう。映画の成功著しい韓国文化界においての「源泉コンテンツ」に爪角の物語は入るのではというインタビュアーに対して、ク・ビョンモさんは映像化は製作側に委ねるとしつつ、小説についてはあっさりシリーズ化を否定してこう言った。

「作家であれば、楽に座れる椅子に腰を落ち着かせず、立ち上がって他の椅子を探し回るものでしょうから」

やはり最高にかっこいい、痛快な小説家である。


（ふかみどり　のわき・作家）

ク・ビョンモ

作家．ソウル生まれ．2008年に『ウィザード・ベーカリー』でチャンビ青少年文学賞を受賞し，文壇デビュー．2015年には短編集『それが私だけではないことを』で今日の作家賞，ファン・スンウォン新進文学賞を，2022年には短編「ニニコラチウプンタ」でキム・ユジョン文学賞を受賞(以上，未邦訳)．邦訳作品に『四隣人の食卓』(書肆侃侃房)，『破果』(岩波書店)などがある．

小山内園子

韓日翻訳者．NHK報道局ディレクターを経て，延世大学校などで韓国語を学ぶ．訳書に『四隣人の食卓』『破果』のほか，チョ・ナムジュ『耳をすませば』(筑摩書房)，カン・ファギル『大仏ホテルの幽霊』(白水社)，イ・ミンギョン『私たちにはことばが必要だ』『失われた賃金を求めて』(共訳，タバブックス)などがある．

First published 2023 by Wisdom House Inc., Seoul,
this Japanese edition published 2024
by Iwanami Shoten, Publishers, Tokyo
by arrangement with Wisdom House Inc., Seoul.

破　砕　ク・ビョンモ

2024年6月26日　第1刷発行

訳　者　小《お》山《さ》内《ない》園《その》子《こ》

発行者　坂本政謙

発行所　株式会社 岩波書店
〒101-8002 東京都千代田区一ツ橋 2-5-5
電話案内 03-5210-4000
https://www.iwanami.co.jp/

印刷・精興社　製本・松岳社

ISBN 978-4-00-061666-9　　Printed in Japan

破　果
ク・ビョンモ
小山内園子 訳
四六判二七八頁
定価二九七〇円

日　没
桐野夏生
岩波現代文庫
定価　九九〇円

またの名をグレイス（上・下）
マーガレット・アトウッド
佐藤アヤ子 訳
岩波現代文庫
定価各一二七六円

女たちの韓流
――韓国ドラマを読み解く
山下英愛
岩波新書
定価　八八〇円

本の栞にぶら下がる
斎藤真理子
四六判二一二頁
定価一九八〇円

岩波書店刊
定価は消費税10%込です
2024年6月現在